문학과지성 시인선 **489**

어떻게든 이별

류근 시집

문학과지성사

문학과지성사에서 펴낸 류근의 시집

상처적 체질(2010)

문학과지성 시인선 489

어떻게든 이별

초판 1쇄 발행 2016년 8월 31일
초판 13쇄 발행 2024년 5월 10일

지 은 이 류근
펴 낸 이 이광호
펴 낸 곳 ㈜문학과지성사

등록번호 제1993-000098호
주   소 04034 서울 마포구 잔다리로7길 18(서교동 377-20)
전   화 02)338-7224
팩   스 02)323-4180(편집) 02)338-7221(영업)
전자우편 moonji@moonji.com
홈페이지 www.moonji.com

ISBN 978-89-320-2896-5 03810

이 도서의 국립중앙도서관 출판예정도서목록(CIP)은 서지정보유통지원시스템 홈페이지
(http://seoji.nl.go.kr)와 국가자료공동목록시스템(http://www.nl.go.kr/kolisnet)에서
이용하실 수 있습니다. (CIP제어번호: CIP2016020084)

문학과지성 시인선 489

어떻게든 이별

류근

시인의 말

당신 만나서 불행했습니다.
남김없이 불행할 수 있어서 행복했습니다.
이 불행한 세상에 사랑한다고 말할 수 있는
사람 있어서 행복했고
사랑하는 사람
당신이어서 불행하였습니다.

우린 서로 비껴가는 별이어야 했지만
저녁 물빛에 흔들린 시간이 너무 깊어 어쩔 수 없었습니다.
서로를 붙잡을 수밖에 없는 단 한 개의 손이
우리의 것이었습니다.
꽃이 피었고
할 말을 마치기에 그 하루는 나빴습니다.

결별의 말을 남길 수 있어 행복합니다.
당신 만나서 참으로 남김없이 불행하였습니다.

2016년 8월
다시 감성마을 慕月堂에서
류 근

어떻게든 이별

차례

시인의 말

1부

사과꽃 11

뱀딸기의 효능 12

환기 14

끝나지 않는 만찬 15

나에게 주는 시 16

옛날 애인의 기념일을 기념하다 18

엘뤼누이 찬드란의 부고 20

크리티컬 블루, 재즈학교 22

어떻게든 이별 24

고달픈 이데올로기 26

있겠지 28

위험한 날 30

이빨論 32

시인들 34

낱말 하나 사전 36

최선을 다한다는 것 37

2부

自敍 41

김점선의 웃는 말 그림 판화 42

七夕 43

명왕성 이후 44

俗 반가사유 46

祝詩 48

지금 아픈 사람 50

겨울비 대흥사 52

불현듯, 53

엽신 54

인월다방 56

봄날 57

영화로운 나날 58

소통의 문제 60

어쩌다 나는, 63

사랑은 아직도 끝나지 않았네 64

이제 우리가 사랑한다는 것은 66

(   ) 68

노처녀 71

3부

두메양귀비 75

1991년, 통속적인, 너무나 통속적인 76

여자와 개와 비와 나 80

인문학적 고뇌 82

11월 84

문득 조금 억울한 인생 85

다리 잘린 고양이에 대한 해석 86

또또와분식 88

마지막 날 90

가죽나무 93

가을이 왔다 94

양어장 96

박사로 가는 길 97

벽송사 100

환멸 102

歸家 104

4부

나날 107

술 마시는 행위 108

거미 110

겨울이 와서 111

굳센 어떤 존재 방식의 기록 112

휴가병 114

풀옵션 딩동댕 원룸텔 116

쇼윈도 수타 짜장면집 119

열린 문 120

좋은 아침 121

콩가루 생각 122

옛날 애인 124

안과 밖 126

무위사 127

세월 저편 128

고독의 근육 131

나쁜 시절 132

동량역 134

아슬아슬한 내부 136

봄눈 139

겨울나무 140

해설 | 상흔의 세월과 홀로 당당해지려는 의지 · 홍정선 141

1부

사과꽃

비 맞는 꽃잎들 바라보면
맨몸으로 비를 견디며 알 품고 있는
어미 새 같다

안간힘도
고달픈 집념도 아닌 것으로
그저 살아서 거두어야 할 안팎이라는 듯
아득하게 빗물에 머리를 묻고
부리를 쉬는
흰 새

저 몸이 다 아파서 죽고 나야
무덤처럼 둥근 열매가
허공에 집을 얻는다

뱀딸기의 효능

먹을 수 없는 것이 식탁에 놓여 있어서 몹시 아름다운 세월을 살았다. 가령 마지막 월급 받은 날 황학동 27번지에서 산 청동 촛대라든지 푸에르토리코에서 소포로 보내온 접시 두 개에는 성자의 얼굴이 그려져 있다. 가끔은 내가 사랑하거나 나를 사랑하다 그만둬버린 여자들, 그들이 꺾어온 꽃들, 노란 숟가락, 편지칼, 슬프게도 한 열흘씩 집을 비우고 난 뒤에는 푸르른 곰팡이들이 피어 햇살의 경계를 핥고 있었다. 여명이었고, 고양이를 키워야겠다고 결심한, 여자의 혼잣말은 지금도 들릴 것 같다.

공포를 이야기하는 일은 너무나 단순한 일과. 높은 곳에 올라갔을 때 당신은 나를 좀더 평화롭게 어루만지기 위해 허리를 굽혔다. 나는 곧 날아오르고 싶었지만 날이 어두워서 사람들에게 더 슬퍼 보일 것이 두려워 그만 여기서 결별하자고 주문했다. 아픈 사람들이 너무 많아요, 라고 당신은 드라마를 보며 말했다. 그건 사실 영국의 축구 경기였다. 노동과 알

약 같은 것이 도움이 될 수도 있었을 텐데, 우린 너무 순수했거나 희망에, 부풀어 있었다. 새벽 2시에만 문을 여는 이태원의 헝겊 가게를 나는 알고 있다.

당신은 어떤 과거를 보관하기 위해 모든 것에 옷을 입히고 싶어 하는가. 나 또한 고요한 것은 진실 이전의 일이라 믿는다. 당신의 불편과 불안을 종식시키기 위해 오늘 내가 식탁 위에 준비해둔 음식을 보라. 멀고 푸르고 뜨겁고 단단하고 검고 빠른,

아름다운 세월을 다시 살 수 있을 거라고, 결심했다.

환기

저녁에 과연 분꽃 피었다

다섯 살 아들이
방귀를 뀌어놓고 헤헤 웃는다

(   )

우주의 냄새가
조금 달라졌다

끝나지 않는 만찬

끓인 초콜릿을 마시면 곧 흥분돼 나는 도덕성이지 붉은 구멍과 소음들의 통로가 될 수는 없어 나는 야행성이니까 한낮의 태양을 무서워하는 마음으로 조금 견딜 수 있으면 좋겠지 내가 멸망을 이야기하는 저녁 식탁에서 여자와 사람은 생선을 으깨고 사막에선 봄바람이 불어온다

나는 초식성, 이제부턴 지나간 것들에 대해 감사해하거나 주문을 외울 필요 없지 그렇게 존재하는 건 오래된 방식 여기 오기 전에도 잎은 지고 가지들은 가끔씩 부러졌거든 시간이 가지 않는다고 불안해하는 노파처럼 살 수는 없어 가장 연약한 살 위에 끓인 초콜릿을 부으면 곧 진정될 것이다 식사가 끝나야 비로소 안식이 찾아오는 일생처럼,

그런데 저 분방성의 여자는 그 작은 구멍으로 얼마나 많은 것을 먹어치운 거지?

나에게 주는 시

우산을 접어버리듯
잊기로 한다
밤새 내린 비가
마을의 모든 나무들을 깨우고 간 뒤
과수밭 찔레울 언덕을 넘어오는 우편배달부
자전거 바퀴에 부서져 내리던 햇살처럼
비로소 환하게 잊기로 한다

사랑이라 불러 아름다웠던 날들도 있었다
봄날을 어루만지며 피는 작은 꽃나무처럼
그런 날들은 내게도 오래가지 않았다
사랑한 깊이만큼
사랑의 날들이 오래 머물러주지는 않는 거다

다만 사랑 아닌 것으로
사랑을 견디고자 했던 날들이 아프고

그런 상처들로 모든 추억이 무거워진다

그러므로 이제

잊기로 한다

마지막 술잔을 비우고 일어서는 사람처럼

눈을 뜨고 먼 길을 바라보는

가을 새처럼

한꺼번에

한꺼번에 잊기로 한다

옛날 애인의 기념일을 기념하다

옛날 애인은 늙은 꽃하고만 대화하는 사람답게 언어가 높고 아름다워서 아무하고나 소통하지 않는 격조를 갖추고 있다 나는 때로 먼 뱃머리의 귀를 키워왔으므로 총명하고 순발력 있는 혈통의 전수자인 양 잘 알아듣는다 애인은 옛날의 애인이지만 옛날의 체위를 사용하지는 않는다 옛날은 누구에게나 다 지나간 것이다

책임지지 않는다는 것은 자유롭다는 뜻이다 나는 자유롭기 위해 얼마나 많은 모국어들을 버렸던가 심지어는 불편한 발음조차 나는 선택했다, 라고 믿었다 다만 자유롭기 위해! (당신도 언제든 느낌표를 사용하라! 일탈에 느낌표를 섞는 순간 대용량의 자유가 엄습한다!) 다만 자유롭기 위해 비틀린 문장 속에서 잠을 잘 수도 있고, 연애를 할 수도 있고, 비틀비틀 응급실로 걸어갈 수도 있다 아무 데서나 황야를 생각한다

옛날 애인은 주로 잠을 자는 사람, 간혹 신경질적으로 깨어나서 수면제를 찾기도 하지만 예외의 경우에 속한다 잠에서 아주 깨어난 일요일엔 교회에 간다 회개와 지복,이라는 낱말을 사랑한다 나는 그녀에게 단 한 번 미역국을 끓여주면서 고백했다 미안, 오늘은 당신 기념일이야

옛날 애인이 쓴 편지를, 내가 아조 숭배해 마지않는 경전에서 발견한다는 것은 어떤 복음일까 여전히 아무도 알아듣지 못할 말을 별처럼 드리우고 있는 옛날 애인에 대해서 나는 뜨겁고도 상쾌한 주문을 떠올릴 수 있다 우주가 사라지고 나면 우리의 더러웠던 예복들은 모두 어디로 가는가

엘뤼누이 찬드란의 부고

나의 병명은 가출입니다 9월의 첫날이 지나자 고통마저 잊었습니다 그 벤치 위에서 당신은 하염없이 죽은 꽃을 말리고 첨탑의 그림자는 남몰래 서쪽에서 내려오기도 하였습니다 내가 병들기 전에 당신이 병들었으니까 나무들이 더 아파서 새집을 움켜쥐었습니다 그럴 때마다 푸드득 푸른 고양이들이 지구를 타고 놀았습니다

당신이 새 남자를 데려오는 사이에 내 수의는 입혀지고 마르지 않은 머리카락은 누구의 시한부 고통에 기부되는 것일까요 주머니시계가 가지고 싶어서 권총을 팔 수도 있겠다 싶습니다 이런 건 모국어에다 대고 할 말은 아니지요마는 하리드와르 스테이숀 2층 로비에서 딱 한 번 마주친 적 있지요 우리, 사막까지 이어진 철로를 바라보며 비를 맞는 도레미슈퍼 앞 평상은 높낮이가 맞지 않습니다

내가 돌아오는 시간은 모든 체위의 드라마가 끝

난 다음인가요 버스를 타고 시냇가에 가 내리고 싶
습니다 꽃이 지지 않는 시절은 간신히 피가 붉습니
다 인생이 아무것도 아니어서 퍽 안심이 됩니다 9월
의 이틀이 지나면 이 모든 즐거움 또한 사라질 것입
니다 당신에게 부고를 전할 수 있어 기쁩니다

크리티컬 블루, 재즈학교

오늘 밤 나의 파티에 오시겠어요?
구름과 불과 장미로 빚은 술이 있고
푸른 벽 귀퉁이에서 얼마든지 기타와 마리화나를
청할 수도 있어요 불안은 천장에 매달아둔
등불처럼 밤과 우리들의 어깨를 어루만지겠지요
밀고자가 없다면 좀더 오랫동안 평화로울 수 있겠지만
그런 건 아무래도 괜찮아요 때로 불면이 필요한
사람들을 위해 새벽이 오기도 하는 법이니까요
여자들은 아무 데서나 옷을 벗고 남자들은 탄식 위에
그것들을 가지런히 널어놓습니다
밤에도 새가 우는 때가 있는데
동쪽에서 온 젊은이들이 긴 사냥총을 쏘아 죽이는 것으로
우리들의 위선을 지켜주기도 하지요 노래 부르길
좋아하는 사람들은 왜 머리 기르길 더 좋아하나요
연애를 못 잊는 사람들은 왜 이별을 더 많이 기억

하나요

  콘트라베이스는 이제 너무 늙어서 낙타처럼 걷습
니다

  당신이 석양의 노래를 부를 줄 안다면 어떨까요
  나는 파도와 사막이 만나 소리 내지 않는 영혼을
  꿈꾸기도 해요 아, 오늘 밤 나의 파티에 오시겠어요?
  당신의 처녀가 사르륵사르륵 소리를 내고
  나의 존재는 조금씩 바깥쪽으로 허물어지겠지요
  고백 따위 회개 따위 준비하지 맙시다
  나는 젊은 피아노 위에서 립스틱처럼 붉은 잠을
자겠어요

어떻게든 이별

어제 나는 많은 것들과 이별했다 작정하고 이별했
다 맘먹고 이별했고 이를 악물고 이별했다 내가 이
별하는 동안 빗방울은 구름의 자세와 이별했고 우산
은 나의 신발장과 이별했고 사소한 외상값은 현금지
급기와 이별했다 몇몇의 벌레들은 영영 목숨과 이별
하기도 하였다 어제는 어제와 이별하였고 오늘은 또
어제와 이별하였다 아무런 상처 없이 나는 오늘과
또 오늘의 약속들과 마주쳤으나 또 아무런 상처 없
이 그것들과 이별을 결심, 하였다

아아, 그럴 수 있을까 우리 동네 가난한 극장은 천
장이 무너져서 결국 문을 닫고 수리 중, 이다 로터리
에서 사라질 것 같다 그것은 어쩌면 극장에서 극장
이 이별당하는 것과 다를 바 없다 옛날 애인은 결국
초경 후 폐경하였다 이별이다 아아, 어떻게든 이 별!

나는 황소표 빨랫비누로 머리 감던 시절을 기억한
다 머리카락이 담벼락과 잘 결합하던 시절이었다 노

란 곰인형을 팔아서 우리 노란 전구를 살까 애인은
남영역으로 천천히 걸어간다 그때 인천행 전동차는
서울역과 이별하는 것이고 내 친구 김세연이는 망을
보는 것이고 삼표 국숫집 리어카는 나를 태우고 한
낮의 전봇대와 충돌하는 것이다 선생님, 더 이상 학
교 다니고 싶지 않아요. 부산항에서 민들레를 봤어
요. 노랗던데,

　　그러니 나의 이별을 애인들에게 알리지 마라 너
빼놓곤 나조차 다 애인이다 부디, 이별하자

고달픈 이데올로기

오늘은 오래 걸었습니다 머리가 걷기를 원했으므로 머리를 가지지 못한 다리는 따라 걸어야 했지요 처음부터 다리가 걷기를 원한 것은 아니었습니다 다만 머리가 가자는 대로 가다가 더 이상은 걸을 수 없다고 머리가 생각하게 만들었을 뿐입니다 다리는 그래서 걷기를 멈추고 그 자리에 가만히 구부린 채 머리의 다음 생각을 기다렸습니다

다리는 머리가 무엇을 원하는지 꿈꾸는지 알 수 없습니다 제가 아플 때 제 아픔을 아파하고 제가 더러워졌을 때 제 더러움을 더러워할 뿐이지요 머리가 아플 때 제 다리 아프지 않고 머리가 세상의 일로 더럽혀졌을 때 제 다리 하나도 더럽지 않습니다 머리가 없으므로 다리는 알지 못합니다 제가 아프면 머리가 먼저 그 아픔 때문에 아프고 제가 더러워지면 머리가 더 먼저 제 더러움에 소스라친다는 것

오늘은 오래 걸었습니다 머리가 걷기를 원했으므

로 머리를 가지지 못한 다리는 하는 수 없이 온종일
머리를 얹고 멀리멀리 걸어야 했습니다

있겠지

4월의 마지막 날을 위해 비가 내릴 수도 있겠지
4월의 마지막 날을 위해
천지에 꽃들이 한꺼번에 져버릴 수도 있겠지
사랑한 사람은 멀리서 고양이처럼 소리를 멈추고
나는 휘어진 무릎을 곧게 세워 꽃받침대로 쓸 수
있겠지
4월의 마지막 날을 위해 우산을 사면
조금씩 헤어진 애인이 다가와 어깨를 적시고
방금 마련한 음악으로 이별을 지워버릴 수도 있겠지
사는 것은 늘 지루한 혼잣말,
언제 우리의 고장난 구름은 지붕을 고쳐 쓸 수 있
을 것인가
콘돔을 산 애인은 어떤 여관에서 흘러나올 것인가
4월의 마지막 날을 위해 비가 내리고
4월의 마지막 날을 위해
일찍 구겨진 엽서가 반송될 수도 있겠지
지구의 마지막 바퀴가 반 바퀴쯤
허공에 넋 놓고 천천히 걸렸다 넘어올 수도 있겠지

4월의 마지막 날을 위해

너를 죽여버리고 꽃나무 아래서

영영 울어버릴 수도 있겠지

위험한 날

술꾼들에게 가장 위험한 날은
뭐 다 아시다시피
술맛이 물맛인 날이다
반드시 바닥에 누워 바닥을 본다

바람둥이에게 가장 위험한 날은
뭐 다 아시다시피
아무나 여자로 보이는 날,
이 아니다
여자가 다 아무나, 로 보이거나
여자가 오히려 나, 로 보이는 날이다

오늘 나처럼 아무것도 아닌 사람에게 위험한 날은
지구에서 보이고 보이지 않는 모든 것들이
한꺼번에 끼룩끼룩 눈물겨워서
하느님도 되고
어머니도 되고
작부도 되고

정류장도 되고
애인도 되어서 그냥 다 두어두고 싶은 날
울다가 사람으로
그만 돌아가고 싶은 날

기러기 남쪽으로 가고
메추라기 북쪽으로 간 바로 다음 날
그다음 날

우주의 꽉 찬 빈틈이 보이는 날

이빨論

놈들이 도열해 있을 땐
도무지 존재감이란 게 없는 것이다
먹잇감 떼로 모여 작살내고
한 욕조의 거품으로 목욕하고
처음부터 한 놈 한 놈은 뵈지도 않는 것이다
일사불란하게
꼭 이열횡대로 도열해 있어야 폼이 나는 놈들
그러다 한 놈 탈영하고 나면 그 자리 너무나 거대
해져서
비로소 한 놈 한 놈 공손하게
출석을 부르게 만드는 것이다
어쩌다 한 놈이 아프면 된통 아파서
뼈다귀만 있는 놈들이니 뼈가 갈리도록 아파서
함부로 만만히 봤던 놈에게 본때를 보여주는 것이다

사람도 달도 당신도 갯벌도
두루미도 학꽁치도 강도 태양도 마찬가지
전부 제자리에 가만히 있어서

한 놈 한 놈 뵈지 않을 때가 좋은 때다
하느님이 공손하게
한 놈 한 놈 출석 부르지 않을 때가
진짜 좋은 때다

시인들

이상하지
시깨나 쓴다는 시인들 얼굴을 보면
눈매들이 조금씩 일그러져 있다
잔칫날 울지 않으려 애쓰는 사람처럼
심하게 얻어맞으면서도
어떤 이유에서든 이 악물고 버티는 여자처럼
얼굴의 능선이 조금씩 비틀려 있다

아직도 일렬횡대가 아니고선 절대로 사진 찍히는
법 없는
시인들과 어울려 어쩌다 술을 마시면
독립군과 빨치산과 선생과 정치꾼이
실업자가 슬픔이 과거가 영수증이
탁자 하나를 마주한 채 끄덕이고 있는 것 같아
천장에 매달린 전구 알조차 비현실적으로 흔들리고
빨리 어떻게든 사막으로 돌아가
뼈를 말려야 할 것 같다 이게 뭐냐고
물어야 할 것 같다

울어야 할 것 같다

낱말 하나 사전

내가 버린 한 여자

가진 게 사전 한 권밖에 없고
그 안에 내 이름 하나밖에 없어서
그것만으론 세상의 자물쇠가 열리지 않는다는 것을
가르쳐줄 수조차 없었던,

말도 아니고 몸도 아닌 한 눈빛으로만
저물도록 버려
버릴 수밖에 없었던 한 여자

어머니,

최선을 다한다는 것

대부분의 파도는
육지에 닿기 전에 몸을 잃는다
살아서 오는 파도보다
푸른 해면에 제 흔적을 놓쳐버린 채
죽어버리는 파도가 더 많다
몸을 데리고 육지에 오르는 파도는
헤드퍼스트 슬라이딩의 자세를 잘 익혔다

나는 그것에 대해 일찍이
들어본 바가 없었으나
몸을 잃고 돌아서면서 파도는 내게
삼진 아웃 당하고 돌아서는 타자처럼
말했다

나는 여기서 멈추기 위해
달의 힘까지 빌려 몸을 일으켰으나
육지에 몸을 더럽히지 않은 것으로
나의 길을 잘 마쳤다!

파도의 이야기를 듣고 나서야
파도의 굳은살이 조금 보이는 것 같았다

2부

自敍

나는 목요일 일몰生,
첫울음 소리로 달과 별을 불렀네
곧 잠이 들어야 했으므로 지상의 일들은 멀고
어둠과 꿈은 가까웠네
멀리 더 멀리 떠돌아야 했으나
일몰이 고향인 사람은 아주 갈 데 없는 것
날마다 일몰 앞에 멈추어서
깊은 위안과 안식을 젖으로 삼켰으니
어둠으로 푸르러진 살과 뼈 이토록 아름다운 것

나는 목요일 일몰生,
거룩한 마구간띠

김점선의 웃는 말 그림 판화

당신과 내가 얼굴에 입이 반, 그리고 또 눈이 나머지 반의 반인 세상으로 한세상 그렇게 어울려 기대어 버티어 건너갈 수 있으면 좋겠네 상처도 없고 그리움도 없고 약속도 없는 생애까지 파랗고 하얗고 노랗게 남김없이 살아낼 수 있으면 좋겠네 저녁이었으면 좋겠네

또는 아무 때나 아침이 오고 내일이 와서 다음 생의 다음 날이었으면 좋겠네 사람아,

七 夕

하늘에 죄가 되는 사랑도
하룻밤 길은 열리거늘
그대여,
우리 사랑은
어느 하늘에서 버림받은 약속이길래
천 년을 떠돌아도 허공에
발자국 한 잎 새길 수 없는 것이냐

명왕성 이후

잊혀진다는 건
좋은 일이다
봄날 네 가슴에 처음 온 꽃잎으로 피었다가
오는 비 가는 세월에 남김없이 스러져
저물어간다는 건

내가 먼저 이 별에 가자고 했다
눈 덮인 지붕들 밑에서 흘러나오는 불빛이
죽은 별들의 추억처럼 따뜻해서
이 별에선 얼마든지 사랑할 수 있을 것 같았다

그러나 내가 먼저 왔고
너 나중에 왔고
내 기억이 기억나기 전에
꽃들이 먼저 피었다

우리 이 별에서
너무 늦게 만났다

아무런 뜻도 없이
꽃이 피고 비가 오는 날들이 지나갔다

너무 늦게 이 별에서
너를 만났다

俗 반가사유

아주 쓸쓸한 여자와 만나서
뒷골목에 내리는 눈을 바라봐야지
옛날 영화의 제목과 먼 나라와 그때 빛나던 입술과
작은 떨림으로 길 잃던 밤들을
기억해야지

김 서린 창을 조금만 닦고
쓸쓸한 여자의 이름을 한 번 그려줘야지
저물지 않는 추위를 견디기 위해
가난을 저주하는 일 따윈 하지 않으리
아주 쓸쓸한 여자의 술잔에 눈송이를 띄워주고
푸른 손등을 바라보리
여자는 조금 야위고
나는 조금씩 흩어져야지
흰 벽에 아직 남은 체온을 기대며 뒷골목을 바라
봐야지
내리는 눈과 지워진 길들과
돌이킬 수 없는 날들의 검은 칼자국

아주 쓸쓸한 여자와 만나서
조금은 쓸쓸한 인생을 고백해야지
아무것도 아니고 누구의 것도 아닌
그러나 그 모든 것이어서 슬펐던 날들을
기억해야지
쓸쓸함 아니고선 아무것도 가릴 것 없는
아주 쓸쓸한 여자의 눈빛을

한 번 오래도록 바라봐야지
뒷골목 몹시 서성거린 내 눈빛
누군가 쓸쓸히 바라봐야지

祝詩

내가 당신을 귀하게 여겼던 것만큼
누구에게든 귀한 사람으로 대접받길 바랍니다
내가 당신을 이 세상에서 가장 아름다운 사람으로
여겼던 것만큼
누구에게든 가장 아름다운 사람으로 살아지길 바
랍니다
내 가장 아픈 곳을 밝혀 사랑한 것만큼
누구에게든 가장 깊은 사랑의 자리가 되길 바랍니다

지나간 날들이 당신에게 슬픔의 기록으로 남지 않
게 되길 바랍니다
고통과 자기 연민의 도구로 쓰이지 않게 되길 바
랍니다
아무런 기억도 추억도 아니길 바랍니다
어떤 계절에 내린 비
어떤 가을날에 떨어진 잎사귀 하나쯤의 일로
고요하게 지나간 날들이길 바랍니다

당신의 행복을 위해 기도하지는 않겠습니다
내 기도가 들리지 않는 세상에서
당신은 당신의 기도로
나는 나의 기도로
서로의 삶을 살아낼 수 있게 되길 바랍니다
살아서 다시는 서로의 빈자리를 확인하지 않게 되
길 바랍니다
서로의 부재가 위안이 되는 삶이길 바랍니다

내가 당신의 손을 놓아준 힘만큼
당신도 누군가의 손을 가장 큰 힘으로 잡게 되길
바랍니다
우리의 노래는 이제 끝났습니다
그동안 고마웠습니다

지금 아픈 사람

네게로 쏟아지는 햇빛 두어 평
태양의 어느 한 주소에
너를 위해 불 밝힌 자리가 있다는 것

처음부터 오직 너만을 위해
아침 꽃 찬찬히 둘러본 뒤
있는 힘껏 달려온 빛의 힘살들이 있다는 것

오직 너만을 위해
처음부터 준비된 기도가 있다는 것

너를 위해 왔다가
그냥 기꺼이 죽어주는 마음이 있다는 것

하느님이 준비한
처음의 눈빛이 있다는 것

그러니 너도 그 햇빛

남김없이 더불어 다 흐느껴 살다 가기를

이승에서 너의 일이란

그저 그 기도를 살아내는 일
그 마음을 들여다보는 일
햇빛처럼 남김없이 피어나
세상의 한두 평 기슭에 두 손 내미는 일
착하게 어루만지는 일
더불어 따뜻해지는 일
네가 가진
빛의 순수와 열망을 베푸는 일
스스로를 용서하는 일
나,라고
처음으로 불러주는 일

세상에 너만 남겨져
혼자서 아프라고 햇빛 비추는 것 아니다

겨울비 대흥사

겨울 대흥사에 갔습니다 작년의 겨울나무, 재작
년의 겨울나무, 가만히 아무것도 아닌 나무들이 비
탈에 기대어 흐려진 내 이마를 바라보고 있었습니다
빗소리 까마득히 고요해서 당신 이름 기억나지 않았
습니다 작부 하나 깨워서, 저녁 연기 푸르른 마을로
가 살림 나고 싶었습니다 땅끝은 아직 먼 길이었으
나 동백꽃 이른 봉오리마다 짐짓 새 전생이 지펴지
고 있었습니다

불현듯,

『문학과사회』 가을호를 읽고 있는데
모기 한 마리가
달빛에 몸을 띄운 닌자 같은 폼으로
퓨슛, 날아들었다
나는 펼쳤던 책장을 텁,
덮는 것으로
내 괄목할 내공의 1초식을 베풀었고
순간 강호의 한 저녁이 고요해졌다

책장을 다시 펼쳤을 때
데칼코마니 포즈로 번져 죽은 모기 시신 아래
관,
이라고 씌어진 시 제목이 보였다

관을 쓴 시인도
시인이 쓴 관에 묻힌 모기도
모기에게 관을 입혀준 나도
이로써 불현듯,
한 장례식의 돌아오지 못할 인연을 맺은 것이다

엽신

우산을 쓰고 극장 앞에서 걸음을 멈춥니다 언젠가
황금의 등불을 내다 건 은행나무 아래서 그해의 가
을비와 마주친 적 있습니다 당신은 빗방울보다 깊고
달콤한 눈빛을 반짝이며 오래된 정물처럼 멈춰 서
있었지요 나는 겁먹은 소년처럼 도무지 한마디도 떠
오르지 않았습니다 어떠한 말도 그 순간엔 빗소리보
다 정직할 수 없을 거였습니다 다만 내 안에서 일제
히 소리치는 금관악기들의 탄성을 들었을 뿐입니다
아, 다행이다 거기쯤 있어줘서 정말 다행이야

그날 내린 비가 그해의 첫 가을비였는지 마지막
가을비였는지 기억나지 않습니다 그날 이후 나는 이
세상에 내리는 가을비를 다시 만나지 못하였습니다
가을날은 그저 내 상실의 나날들을 지나쳐 갔고 모
든 비는 내 어두운 창에 내리다 그쳤을 뿐입니다 기
억나지 않는 것은 의미가 잘 생겨나주지 않는 법이
었습니다

그런데 오늘 문득 가을비가 옵니다 당신의 부재
가 연못보다 환한데도 비가 옵니다 우산을 쓰고 극
장 앞에서 나는 오래 서 있는 우체통처럼 옛일을 생
각합니다 돌아오지 않는 눈빛들과 위안의 말들을 생
각합니다 아직은 괜찮습니다 아직은 참 괜찮습니다
내 그리움에 귀 기울인 빗방울 하나 지금쯤 당신의
아득한 눈썹 위에 떨어질 것을 믿습니다

인월다방

태백에서 열흘 전에 왔다는 여자는 커피를 주문하고
영양에서 보름 전에 왔다는 여자는 쌍화차를 마신다
분명코 회갑을 어딘가 달력에 표시해두었을 나이
아가씨라 부르지 않으면 들은 체도 하지 않고
무작정 한 주전자 커피를 다 마셔대는 사이에도
여자들의 표정은 점점 더 나쁜 쪽으로 시들어간다
아직도 장작난로가 검고 붉게 타는 동네
다방 한 켠 탁자 위에선 화투패가 돌아가고
못 견딘 스님 하나는 결국 술을 사러 나가고
별로 할 말이 남지 않은 초면의 사람들끼리 남아서
새로 뽑힌 대통령의 미래를 걱정한다 늘지 않는
아이들과
늘어가는 빈집들과 줄지 않는 빚
여자들은 빚,이라는 낱말에 새롭게 치를 떨며 잔
을 헹구고
쌍화차를 다시 주문한 뒤 착착착, 담뱃불을 붙인다
착착착, 화투패는 돌아가고 오도재에서 고장 난 차는
아직 견인조차 되지 않았다
사흘째 눈이 그치지 않고 있는 것이다

봄날

괴산 오일장 막걸리전에서
곤달걀 한 봉다리 사서 가는 부부의 눈에
봄볕이 말갛게 몸을 개킨다
날 벼린 낫 한 자루 빨랫비누 두어 장
가뿐했던 나들이가 묵직해진다
이보오, 다음 장엔 경운기 몰고 옵시다
다리 건너 타박타박 밭길로 돌아드는
11문 고무신 아래 냉이꽃 핀다

영화로운 나날

가끔은 조조영화를 보러 갔다
갈 곳 없는 아침이었다
혼자서 객석을 지키는 날이 많았다
더러는 중년의 남녀가 코를 골기도 하였다
영화가 끝나도 여전히 갈 곳이 생각나지 않아서
혼자 순댓국집 같은 데 앉아 낮술 마시는 일은
스스로를 시무룩하게 했다 아무도 오지 않았다
나날은 길었다 다행히 밤이 와주기도 하였으나
어둠 속에서는 조금 덜 괴로울 수 있었을까
어떤 마음이든 내가 나에게 들키고 싶지 않아서
밝에서 오는 소리에만 귀를 기울이는 시간은 공연
했다
심야 상영관 영화를 기다리는 일로
저녁 시간이 느리게 가는 때도 있었다
내가 좋아하는 배우는 식민지 출신이었다
아프리카엔 우리가 모르는 암표도 많을 것이다
입을 헹굴 때마다 피가 섞여 나왔다 나에겐
숨기고 싶은 과거가 아직 조금 남아 있다

어떤 밤엔 화해를 생각하기도 했다
나는 언제나 한 번도 실패한 적 없는 미래 때문에
불안했다 그래도 과거를 생각할 때마다
그것이 지나갔다는 것 때문에 퍽 안심이 되었다
심야 상영관에서 나오면 문을 닫은 꽃집 앞에서
그날 팔리지 않은 꽃들을 확인했다 나 또한
팔리지 않으나 너무 많이 상영돼버린 영화였다

소통의 문제

아내는 낮에 어떤 여자의 남편에게서 전화를 받았
다고 했다 간통, 이라는 단어를 몇 번 들었다고 전해
주면서 도마 위에 묻은 칼자국을 씻는 것처럼 보였
다 나는 조금 시무룩해져서 이젠 남의 유부녀 따위
와 소통을 꿈꾸는 일 같은 건 조금 삼가야겠다고 생
각했다 그러면서 한편 소통과 간통은 참 다른 건데,
라고도 조금 생각했다

일주일에 한 번씩 시 가르치러 다니는 학교는 멀
리 있다 학생들은 학점이 되지 않는 언어와 소통하
지 않는다 나는 점점 더 하찮아져서 강의 시간에 무
슨 말을 했는지 기억하지 못하고 낮술에 취해 또 어
떤 과거로 도망쳤는지 기억하지 못한다 지방 보궐선
거 시의원 출마한다고 틈나는 대로 돈 이야기 꺼내
는 작은형 전화를 받지 않는 것은 내가 겁이 많은 가
장이기 때문이다 소통은 용기 있는 사람들 몫이고
내 몫은 아직 돌려받지 못한 보험금 같은 것에나 남
겨져 있다

아이들이 진지하게 시청하는 쇼 프로그램 앞에서 잔뜩 주눅 들어 티아라와 소녀시대와 슈퍼주니어 브아걸 기타 등등 아이돌 그룹 이름 암기하느라 전전긍긍하는 것도 다 소통에 대한 열망 때문이다 그러나 내가 겨우 외운 이름들을 뽐내기도 전에 아이들은 각각 학원으로 미래로 동구 밖으로 사라져버리고 나는 또 혼자 남겨져서 인터넷 카페 〈지구 멸망 준비 동호회〉나 〈대재앙을 고대하는 사람들〉 같은 데나 기웃거리게 된다 멸망, 이라는 낱말에 희망을 걸게 된다 어디든 댓글이라도 간절히 매달아 끈끈하게 소통할 궁리에 머리를 처박게 된다

아내는 어디에서든 점점 더 마주치기 어려운 사람이 되어간다 그래서 내가 지난달에 청약통장을 깨서 생활비를 조달했다는 사실과 몇 개월 후엔 아내 친정집 근처로 이사 가서 아이들을 맡기게 될 거란 사실과 더 이상 해약할 과거가 없다는 사실조차 이

야기할 수 없게 된다

　어머니는 겨울에 돌아가셨고 옛날 애인의 전화번
호는 바뀌었고 부도낸 친구는 감옥에 있고 지구 멸
망은 아직 확신할 수 없고 대재앙은 내 안에서만 쓰
나미를 몰고 온다 간통은 오직 자주 들키고 소통은
멀다 이젠 내 궤도에 머물지 않는 행성에라도 올라
타야 하지 않을까 궁리하는 동안 내 발음은 더 나빠
져서 어떤 외계와도 소통이 불가능할 것 같다 오직
고통과만 소통이 가능해진 나를 데리고 나는 이제
좀더 숨 가쁘게 어디로든 소멸해야 할 것 같다 그런
데 나는 도대체 이 지극한 말기를 누구와 소통해야
하나

어쩌다 나는,

어쩌다 나는 당신이 좋아서
이 명랑한 햇빛 속에서도 눈물이 나는가

어쩌다 나는 당신이 좋아서
이 깊은 바람결 안에서도 앞섶이 마르지 않는가

어쩌다 나는 당신이 좋아서
이 무수한 슬픔 안에서 당신 이름 씻으며 사는가

어쩌다 나는 당신이 좋아서
이 가득 찬 목숨 안에서 당신 하나 여의며 사는가

어쩌다 나는 당신이 좋아서
이 삶 이토록 아무것도 아닌 건가

어쩌다 나는 당신이 좋아서
어디로든 아낌없이 소멸해버리고 싶은 건가

사랑은 아직도 끝나지 않았네

아무리 폼을 잡아도
끝난 연애는 코미디다

헤어진 지 1주일 된 여자를
모텔 복도에서 우연히 마주쳤다는 친구 이야기를
듣다가
창밖 이쪽에서 저쪽으로 마구 달려가다 멈춘
고양이와 눈이 마주친다
그걸 한번 잡아보겠다고 쫓아가다가
비둘기를 놓친 고양이도 참
코미디가 아닐 수 없고
그걸 한번 잡아보겠다고 쫓아다니다가
새 애인에게 맞아 코뼈 휘어진 너도 참
코미디가 아닐 수 없으나

마누라가 준 용돈으로 용돈 준 여자가
다른 남자랑 공항버스 타고 사라지는 뒷모습 보고
와서

그새 바뀐 전화번호 찾아 헤매고 있는

나의 순정에 대해

나는 어떠한 조소도 바칠 수가 없다

이제 우리가 사랑한다는 것은

이제 우리가 사랑한다는 것은
사랑 때문에 서로를 외롭게 하지 않는 일
사랑 때문에 서로를 기다리게 하지 않는 일

이제 우리가 사랑한다는 것은
사랑 때문에 오히려
슬픔을 슬픔답게 껴안을 수 있는 일
아픔을 아픔답게 앓아낼 수 있는 일

먼 길의 별이여
우리 너무 오래 떠돌았다
우리 한 번 눈 맞춘 그 순간에
지상의 모든 봄이 꽃 피었느니

이제 우리가 사랑한다는 것은
푸른 종 흔들어 헹구는
저녁답 안개마저 물빛처럼
씻어 해맑게 갈무리할 줄 아는 일

사랑 때문에
사랑 아닌 것마저 부드럽게
감싸 안을 줄 아는 일

이제 우리가 진실로
진실로 사랑한다는 것은

( )

　놓여진 말들이 모두 붕붕거리며 허공에서 부대낀
다 함부로 축제를 즐기던 밤은 지났다 그러므로 이
제 잘 준비된 추락과 고통을 꿈꾸어야 할 때(라는 메
모에 대해서)

　그와 나는 같은 해에 태어났다 그해엔 공교롭게도
　마사이마라에서도 섬진강에서도 뉴욕에서도
　소녀들과 염소들이 태어났다 기억할 순 없지만 꽃
들과 물고기들과
　몇 개의 은행들도 새롭게 생겨났을 것이다 기억할
수 없다는 것
　아름답지 않은가 몇몇 밤들의 연애와 혼돈과 방황들
　자주 기억 밖에 머무는 것들은 누구의 것도 아니
어서
　아름답다 누구의 것도 아닌 삶을 살아내기 위해
　결국 자기 안에 무덤을 팠던 사내를 나는 기꺼이
동무 삼고
　구름 끝까지 데려가 온몸을 씻겨주고 애무하고

새처럼 안는다 간결하게도,

그런데 그런 것에 의미를 찾는 자들에 의해서
우리가 만든 무덤은 부풀어 오르고 차가워진다 우리는
만나지 못할 것이다 너의 겨울이 지나는 동안 나는 나무였다
단파 라디오에선 미국과 동독이 싸웠다
나는 그것을 다 알아들었지만 어머니의 재취업에 도움이 되진 않았으니까
우리 가족은 눈 내리는 과수원에 가서 빌었을 뿐
아버지, 새봄엔 부디 이 노란 씨앗이 썩어 푸른 호박이 되게 해주소서

선량한 나뭇잎들은 어디로 갔나 울고 싶은 오르막길들은 어디로 갔나
그와 나는 같은 해에 태어났다
그해엔 몹시도 우연찮은 것들이 세상에 많이 왔다

갔다
　구름과 그와 나는 같은 주민번호 앞자리를 받았다

노처녀

제가 그날 당신에게 저쪽 국화 꽃밭 내지 그늘에
가자고 한 것은 그런 뜻이 아니었어요 저는 누워서
주로 하늘을 보는데 물론 당신이 바라보는 하늘과
는 다르지요 갑자기 펄럭여서 원래 붉거나 하얗게
잘 다스려진 허벅지, 저는 어디에도 묶이고 싶진 않
아서 숫자에 묶이곤 해요 이 몽환의 문법이 돈이 되
거나 집이 되거나 안전한 미래가, 미래가, 미래가 될
수는 없을까요 그동안 참 저는 저희를 아꼈어요 좀
우리가 서로 아까우니 좀더 우리 아끼기로 합시다
당신의 성공을 빌어요

3부

두메양귀비

나는 네 음부의 주름을 사랑하여서
양달에 엎드려 가만히 들여다보기를 좋아하였다

1991년, 통속적인, 너무나 통속적인

어머니는 시집간 누이 집에 간신히 얹혀살고
나는 자취하는 애인 집에 안간힘을 쓰며
매달려 산다 그러므로 어머니와 나는 살아 있는
자세가
근본적으로 다르다 세상의 그 무엇과도
닮지 않으려고 억지로 몸을 비트는 나무들에게
어째서 똑같은 이름이 붙여지는지 하루 종일
봉투를 붙이면 얼마나 돈이 생기는지
생활비를 받아오면서 나는 생활도 없이 살아 있는
내 집요한 욕망들에 대해 잠깐 의심하고
의심할 때마다 풍찬노숙의 개들은 시장 쪽으로
달려간다 식욕 없는 나는 술집으로 슬슬 걸어간다

나는 술에서 깨기 전에 잠부터 깨는
나쁜 버릇을 가지고 있다
내가 일어나는 시간은 오후 2시에서 3시 사이이므로
내 안면방해의 주범은 언제나 햇살이거나 싸다고
싸다고 외치는 야채트럭 확성기 소리이기 십상이다

하지만 나는 그런 것들을 미워하지 않는다
정작 내가 미워하는 놈들은 따로 있는데
그림 그리는 내 친구 후배가 지국장으로 있는 한
겨레
신문을 내가 보기도 전에 잽싸게 훔쳐가는
308호나 408호에 사는 대학생 놈들
밤도 새벽도 없이 술 취한 여자들을 끌고 들어와
또 한바탕 술판이나 벌이는 그놈들과
얼굴을 몇 번 마주쳤을 텐데도 내 기억에는
술집에서 만나는 이웃들과 별로 다르지 않고
그래서 쉽게 기억 안에서 놓쳐버리게 된다
내 눈에는 모든 길이 술집으로만 이어져 있고
맨정신일 때에는 외출하고 싶지 않았다

영어도 못하고 도대체 뭘 배웠냐? 내가 매달려
사는 애인의 어머니는 내가 그 귀한 딸에게 매달려
사는 줄 꿈에도 모르고 가끔씩 전화해서 기를
죽이곤 하는데

일본서 대학까지 마치고 온 이력에 비하면 형편없는
전업주부에 지나지 않으면서 내가 다닌 대학을
얕잡아보는 버릇이 있다 하지만 뭐 남들보다 몇 년
더 학교 다니고도 취직 못 하는 내 처지도
결코 내세울 만한 건 못 되기 때문에
나는 전화벨 소리만 나면 죽은 시늉을 하게 된다
취직을 하고 넥타이 매고 환속한 승려처럼
양주 아니면 안 마시는 지조를 갖추면 그때는
좀 크게 숨 쉬며 살 수 있을까?

내가 일없이 취해서 날마다 취해서
숙취와 악취를 지병처럼 앓고 살 때
어머니는 햇살을 피해서 잠만 자꾸 주무시고
그 바로 옆 벽 하나를 지나서
매형과 누이는 자주 늦잠을 잔다 그러나
들여다볼 수 없는 꿈 밖의 세월은
한 걸음만 나서도 우리들에게 벼랑이라는 것을
조카들만 빼놓고는 다들 알고 있다 알면서도

눈 뜨고 잃어버린 집이 생각날 때마다
나는 또 누군가에게 빨리 들켜버려서
편안한 마음으로 절망하고 싶어진다 평화롭게
항복하고 싶어진다
그러나 어느 적군을 향해서
나는 나의 순결한 백기를 흔들어야 하는가
비틀거리며 돌아올 때마다 더 수직으로 빛나는
세상이여 나는 왜 이렇게 너희와 다른가
이렇게 닮지 않으려
몸을 비틀어야만 하는 건가

여자와 개와 비와 나

여자가 키우는 개는 사람 나이로 팔순을 넘겼다
짖는 일보다 앓는 일이 잦다
아직 간신히 마흔을 넘기지 않은 여자는
내가 오르거나 벗기려 할 때마다 숫처녀예욧,
죽어버릴 거예욧, 어쩌구 하면서 허리를 비틀곤
하는데
한눈으론 언제나 구석의 개 눈치를 살피는 것이다
팔순 넘도록 총각을 떼지 못한 개에게
사람으로서 차마 보여주지 못할 꼴을 보일 뻔했다
는 듯
황급히 허리띠를 조이는 것이다
개는 그래도 못 미더워 뜬눈으로 코를 골고
나는 어떻게든 마흔 넘기기 전에 이 숫처녀를
죽어버릴 순 없을까 싶어 끙끙 앓는 것이다
팔순 넘긴 개와 아직 마흔을 넘기지 않은 여자 사
이에서
마흔도 넘기고 숫총각도 아닌 내가 베풀 수 있는
일이란

솔직히 그냥 꾹 참지만은 않는 일, 이라고 믿는 나는
어떻게든 정확하고 신속하게 해치워서 여자를 죽이고
또 개에게 사람으로서 차마 보여주지 못할 꼴을
꼭 보여주고 말아야 한다고 굳게 믿는 것인데
아, 이 여자는 왜 이토록 살고 싶어 하는가
개는 왜 자꾸만 깨어나서 빗소리에 귀를 갖다 대는가
나는 이제 무엇을 베풀어서 나의 믿음을 실천해야 하는가

인문학적 고뇌

마누라가 유방확대 수술을 했다
나는 그걸 오늘 아침에 참으로 우연찮게 발견했는데
마누라는 모처럼 혀를 차며 벌써 세 달이나 지난
것을 이제야 알았냐고
섭섭해하는 척 제 가슴을 다시 확인한다
나는 순간 생각하는 것이 세 달 전 마이너스통장
과 옛날 여수 출신
유방 큰 애인과 유방이 커서 울며 살았다는 이영
자와 조선 막사발과
이제 저 여자를 어떻게 해석해야 하나
같은 것들이다
저 여자를 어떻게 해석해야 하나
마누라는 나에게 여러 번 배신당했지만 유방 때문
은 아니었다
나는 여러 번 다른 애인과 고궁을 거닐었지만
유방 때문은 아니었다
마누라는 이제 유방을 키워서 아이에게 젖을 먹일
일도 없고

세자 저하 유모로 사극을 찍을 일도 없고 일본 성인비디오
배우로 진출해서 아이들 사교육비를 감당할 일도 없고
나에게 잘 보여서 다시 시집갈 일도 물론 없을 텐데
이제 나는 저 여자를 어떻게 해석해야 하나
똑바로 눈을 뜨고 마누라의 정면을 바라보지 못하는
내 미래에 대해서 나는 조금 곤란해지는 것이다

11월

퇴직이 두 달 남았다
나이테를 간직하지 못한 채
중심부터 썩어버린 나무처럼
갑자기 쓸모없어진 여생이 잎사귀를 뚝뚝 떨군다

문득 조금 억울한 인생

출근길이 꼼짝도 않는다
지렁이 보폭보다 짧게 주춤주춤 엎질러지다 보면
저만치서 무슨 바구니 같은 데 올라타서
가로수 전지 작업하는 구청 용역 인부들
아침부터 길을 막고 저 지랄이냐, 하다 말고
가만 생각해보니 나보다 나무가 상전이다
출근도 명퇴도 없이 제자리에 멈춰 서서
죽는 날까지 사람들 용역으로 부리며
세금으로 몸치장하는 상전들
국회의원 같은 자세로 일없이 서서
흙과 빗물과 햇빛과 바람까지 소집해
보좌관 거느리듯 앵벌이로 내세우는
하느님 마름 같은 불한당 놈들
저놈들 먹여 살리자고 나는 아침부터
길 위에 꼼짝도 못 하고 선 채 결국
나무 대신 사방팔방 삿대질이나 하고 이 지랄인가
근로소득세, 주민세, 고용보험료 벌러 가지 못해
쓰지도 못할 발암물질이나 푸들푸들 푸르르르
엽록소처럼 합성해내고 있단 말인가

다리 잘린 고양이에 대한 해석

고양이를 포획하기 위해
여자는 창고에 덫을 놓았네
미끼로 쓸 먹이를 구하기 위해
여자는 이웃집 문을 열었네
주인이 벌떡 일어나 문 앞을 막아섰지만
여자의 집중력은 아무런 방해도 받지 않았네
그녀는 그런 사람
취하고 싶은 것은 취하고야 마는 사람

미끼에 가려진 덫을 놓고
여자는 날마다 기다렸네
창고는 너무 어두웠으므로
아무것도 새롭게 오지 않았네

이웃집 문엔 더 큰 자물쇠가 걸리고
미끼들은 쉽게 썩어버렸네
결국 여자의 눈과 귀만 남겨놓고
온몸을 다 미끼로 써버린 후

그녀는 비로소 덫에 걸린 고양이를 가질 수 있었네
아무도 풀어줄 수 없고
누구도 키워줄 수 없는 고양이

마침내 여자의 눈과 귀를 다 먹고 난 후
덫에 걸린 제 다리마저 먹어치운 후
유유히 사라져버린 고양이가
노란 눈을 파랗게 뜨고 여자의 빈집을 지나쳐 가네

또또와분식

시 쓰는 정병근 형은 박주택 시인 모친 상가에서 보니까

술 안 마셨을 때 모습이 촌집 새색시 같다

술에 취해서 원숭이 한 마리 잡종 개 한 마리 수탉 한 마리

금붕어 두어 마리 사마귀 한 마리 별안간 극장식 카바레 손님

벽에 매달린 거미줄 같던 모습보다는 한결 여백이 가벼워서

얼른 집에 돌아와 그의 시장기를 확인하게 된다

또또와분식에 가게 된다 그는 고등어자반이 놓인

싸구려 백반을 미역국에 후루룩 말아 먹고 나서

그 집 간판이 또또와분식이라는 것을 겨우 발견했지만

또또와분식은 그런 데 있는 것이 아니다

한 30여 년이나 또 이듬해 전쯤

광화문 육교 지나서 머리 짧은 DJ가 전화를 바꿔주던 집

비 오는 날 약속도 없이 서성거리던 집

박인희의 집 옆에 있던 집

음식은 하나도 기억 안 나고

거기 지나간 눈빛들과 까르르 쏟아지던 낙서와 슬
픔과

참새와 허수아비, 불씨, 잃어버린 우산, 갑자기 소
식 끊긴

연상의 소녀를 장맛비 내내 기다리던 집 또또와분
식은

식은 미역국에 밥이나 훌렁 말아 먹고 나서 목소
리 큰 아낙네를 보며

가슴 멀겋게 젖어서 돌아서는 곳이 아니다 절대로

그런 곳이 아니어서 아직도 내 가슴에 비가 내리고

전화벨이 울리고 어떤 흰 손이라도 붙잡고 울어야
하는

라일락꽃 지고 난 다음 날의 어느 가물거리는

음악 같은 것이다 음악 같아야 하는 것이다

마지막 날

CNN도 알자지라도 그것을 중계하진 못하리
마지막 해가 뜨고 마지막 알을 낳은 닭들이 숲을
파헤치고
열매를 맺기 위해 꽃들이 후드득 자리를 정리하는
시간
서류 뭉치는 책상을 짓누르고 모니터 커서는 깜빡
이고
비행기는 활주로를 달리고 학원버스는 제시간에
출발하고
건강검진 결과를 확인한 사람은 탄식하고 휴우,
안심하고
목사는 헌금을 걷고 중국집 밀가루 포대는 차곡차
곡 쌓이리
예언도 상심도 있지 않으리
채권 담당 직원은 끈질기게 전화 버튼을 누르고
국회의원은 폭탄주를 돌리고 사형수는 화초에 물
을 주고
내 집 마련을 위해 김 과장은 점심값을 아끼고

미국은 새로운 전쟁터를 물색하고 은행가들은 분주하리

맞선에 나가기 위해 노처녀는 미용실 문을 열고

맞지 않는 옷을 선물 받은 아내는 세월을 원망하고

종친회에선 내분이 일어나고 실직자는 꾸벅꾸벅 졸고

빚쟁이에 쫓긴 사내는 한강대교 위를 배회하리

고양이는 집을 나가고 북극의 빙하는 여전히 조금씩 녹고

얼음 실은 자전거는 재래시장을 누비고 순대는 익고

예수도 미륵도 재림하지는 않으리 축구선수가 공을 몰고

저쪽 골문을 향해 마지막 슛을 날리려는 바로 그 순간,

소년이 첫사랑을 고백하기 위해 입을 여는 그 순간,

유산 상속을 위해 아버지가 자식들을 불러 앉힌 그 순간,

김 여사가 드디어 쓰리고를 부르려는 그 순간,

소녀의 입에 빵 한 조각이 들어가려는 바로 그 순간,

제대병이 위병소 쪽을 향해 오줌을 날리려는 그 순간,

내가 처음으로 당신에게 꽃 한 송이를 바치려는 바로 그 순간,

가죽나무

태풍 지나고 나자
하룻밤 사이에 잎사귀 다 잃고
가죽만 남은
가죽나무 한 그루

살아서 제 이름은 남겼으니
그거 참 다행한 나무 아닌가

내게도 아직
당신이 부를 이름은 남겨져 있다

가을이 왔다

가을이 왔다
뒤꿈치를 든 소녀처럼 왔다

하루는 내가 지붕 위에서
아직 붉게 달아오른 대못을 박고 있을 때
길 건너 은행나무에서 고요히 숨을 거두는
몇 잎의 발자국들을 보았다
사람들은 황급히 길에 오르고
아직 바람에 들지 못한 열매들은
지구에 집중된 중력들을 끌어모으기 시작했다
우주의 가을이 지상에 다 모였으므로
내 흩어진 잔뼈들도 홀연 귀가를 생각했을까
문을 열고 저녁을 바라보면 갑자기 불안해져서
어느 등불 아래로든 호명되고 싶었다
이마가 붉어진 여자를 한번 바라보고
어떤 언어도 베풀지 않는 것은 가을이
이제 막 시작됐다는 뜻
안경을 벗고 정류장에서 조금 기다리는 일이

그런대로 스스로에게 납득이 된다는 뜻
나는 식탁에서 검은 옛날의 소설을 다 읽고
또 옛날의 사람을 생각하고
오늘의 불안과
미래로 가는 단념 같은 것을 생각한다
가을이 내게서 데려갈 것들을 생각한다
가을이 왔다 처음 담을 넘은 심장처럼
덜컹거리며 빠르게,

그 누구도 따르지 못할 망설임으로
왔다

양어장

횟집에 딸린 양어장에서
주인이 던진 사료를 놓고 싸우는
송어들을 본 적이 있다
나는 그 싸움의 끝을 다 지켜본 후
가장 많은 사료를 차지한 놈을 골랐다
힘센 놈이 아무래도 제일 싱싱한 거라요!
송어 대가리를 칼등으로 후려치며
주인이 유쾌하게 말했다
나는 힘센 놈의 싱싱한 살점을 씹으면서
힘도 맥도 다 빠져서 슬슬 바깥으로만 밀리는
내 삶의 불어터진 비늘 같은 것들을 생각했다
먹이를 향해 돌진하다가
별안간 끌어 올려져 대가리에 칼등을 맞고 바르르 떠는
내 삶의 불투명한 지느러미를 생각했다
날이 어두워졌을 때
양어장으로 가서 나는 먹은 살들의
싱싱한 힘들을 힘껏, 토해냈다
싱싱한 비린내가 빈속 가득 퍼덕거렸다

박사로 가는 길

교수가 될 어림도 미래도 없으면서
학교라도 안 가면 술집 귀신이나 될 터인데 싶어
또 비틀비틀 박사 들으러 간다
강의실에 앉으면 비로소 숙취가 좀 헹궈지는 것이
타고난 박사 체질인가 싶어 싱겁다가도
남몰래 창밖 구름과 잎사귀나 훔쳐보고 있는 퇴행
을 보면
아, 갈데없는 바깥 체질이구나 싶어 곧 안심이 된다
나는 너무 많은 것들을 배우고 익히느라
정거장이 지나가고 작년의 나무가 더 자라고
담쟁이가 진짜로 담을 넘는 소식에 멈춰 있지 못
하였다
남편 있는 여자와 옛날 애인들의 소식이 간간이
그리웠을 뿐
술집 너머의 연애 같은 것에 등록금을 납부할 수
없었다
박사가 깊어질수록 뼛속의 시가 가벼워져서
나는 자주 강물까지 날아가 내 하얀 발목을 베고

눕고

　누워서 어떤 전생을 배신해버릴까 궁구하였다

　돌이켜보면 과거가 깨끗한 여자가 한 명도 없었던
것처럼

　몇 번의 나쁜 전생이 나를 여기까지 엎질러놓았을
뿐이라는 걸

　에필로그처럼 읽는 날은 즐거웠다 뻔한 것은

　얼마나 느리고 안락한가 남자가 원해서 거기 털을
밀어주었다는

　남쪽 후배가 내미는 술잔은 따뜻하고 나는 사막과

　머리 두 개 달린 염소와 주인 잃은 소녀가 통정하
는 소설을

　박사로 가는 길에 깔아두면 좋을 거라고 조언한다

　그러나 박사는 멀고 내 구두엔 편자를 박지 않았
으니

　너무 쉽게 닳아버리는 열망과 맹목 같은 것도 쉽
게 전생이 되고

　가슴을 흔드는 구름과 잎사귀는 늘 바깥에 있고

나는 이제 9만 9천 년째 마지막 학기
술집 건너 다시 비틀거리는 내생 저쪽에
박사로 가는 길이 뻔히 보인다

벽송사

중늙은 주지는 개하고 대화가 통한다
개는 처음 본 추위와 대화가 통한다 그냥 떨어서
추위보다 약한 존재를 설법한다
사람을 절대로 앞세우지 않는 개는 사람보다 조금
빨라서
사람보다 먼저 소나무 아래 솔바람 아래
오줌을 싼다 가끔은 방심한 남녀들도 오줌을 싼다
그러나 나는 지금 벽송사를 이야기하는 중

아랫마을에서 올려 보낸 쌀과 기왓장과 보살들도
물론 있다 소나무 아래 쌓이고 쌓여서
그늘과 햇볕의 힘을 익힌다
아직 큰 불사가 되기엔 몸이 덜 익었다
진짜 지붕이 되는 인연을 배운 자가 드물다

소나무는 많지만
다 푸르러서 이제 어떤 것을 벽송이라 불러야 할지
알 수 없다

원래 득도한 소나무가 두 그루

조금 더 좌선을 해야 할 소나무가 서너 그루

어떻게든 허리를 굽혀 눈빛을 보이고 싶은 소나무
가 대여섯 그루

더 갈 데 없는 소나무 삼천대천 그루

공양간엔 팔 부러진 보살 한 그루

이제 곧 환속하고 싶은 구름 두 그루

그리고 어리둥절 지리산을 바라보는 내가 한 그루

환멸

네게 보여줄 수 없다 그곳
풀담장 꽃 그림자 휘어진 문패 거기에 없다
문을 나서면 즈믄즈믄 별들이 계단을 쌓고
날마다 누구의 고통도 아닌 음악이 이웃들을 일으
킨다
연기를 피우지 않는 것은 그러니까
모든 살아 있는 것들에 대한 예의를 바치는 일
이슬은 더 높은 하늘에서 내리고
흐르지 않는 시간인데도 사람이 자라서
물가의 깨끗한 말씀들을 데리고 온다
무지개 따위 지는 꽃 청춘의 한때 따위
거기에 없다
다만 슬픔의 습관을 치유하기 위해
가장 지혜로운 구름들을 베풀어놓았을 뿐
멈춰 서서 중얼거리는 사람에겐 추억과
더딘 걸음의 연인들에겐 비와 언덕을 내어주고
아무것도 필요 없어진 하루를 위해
돌 위의 밝은 잠이 남겨진다 그러니까

등불을 매달지 않아도 올 사람 오고
가슴 같은 거 쓰지 않아도 편지가 되는
그곳 네게 보여줄 수 없다
희망의 시력이 머물지 않는 곳
모든 것 마치고도 더 이상 집으로 돌아가지 않는 곳
지금 붉어진 육신 따위 씻기지 않는 곳
내 그곳 지금 여기서 너무 멀다 生이여,

歸家

어이, 시인! 하고 부르시더니 출가한 지 50여 년
됐다는 노스님께서 혼잣말인 듯 노랫말인 듯 읊조리
었다

나는 꽃들에게 말을 걸면 내 슬픔 때문에 꽃들이
죽어버릴까 봐 암말도 못 하고 있다네

그래서 나는 그의 슬픔 때문에 죽기는 싫어서 얼
른 일어나 내 발밑에 물을 주고 내려왔다

4부

나날

옛 생각 몸에 해롭다
멀고 흐린 것들로 집을 지은 여자와
아무렇게나 뒤엉켜 꽃을 피우던 정원이여
악취만이 정직하게
햇빛을 가리던 우물이여
뒷길에서만 비로소 이름이 들려왔으니
나날이여
다시 응답처럼 몸이 흘러서
죄의 구멍에 머리를 박고 울었다

술 마시는 행위

술김에 사표를 던지고
두어 달 술로 시간을 헹구다 보니까
술 마시는 행위가 점점 부끄러워지기 시작한다
술 마시는 행위가 부끄러워져서
결국 혼자 숨어 술 마시게 되면 백발백중
알콜 중독이다 당신은 과거 6개월간
술 마시고 2회 이상 필름이 끊긴 적이 있습니까?
혼자 있을 때 술 생각이 납니까? 술로 인해
인간관계 또는 사회생활에 지장을 초래하고 있습
니까?
사람을 만나면 반드시 술을 마시게 됩니까?
술에서 깨고 나면 죄책감에 시달립니까?
등등
여성지에 실린 문항에 동그라미를 그리다 보면
현재 나의 상태는 의사와의 면담 단계를 지나
긴급 격리수용 대상자에 해당된다 가상하다
여성지 빈칸에 동그라미를 그리며
자못 심각한 표정을 짓고 있는 숙취의 사내여

그 친절한 처방을 알기 전부터
술을 빌려 스스로 세상과의 격리를 실천해왔으니
오늘은 부끄럽지 않게 술 마실 일이로다

거미

오랜 슬픔에 겨워 눈이 떠진 아침엔
어쩐지 평화로워진 몸매로 세상에 가서
목매달 수 있을 것 같다
하느님만 발을 디디시는 환한 허공에
처음 만든 다리 하나 이쪽과 저쪽에 걸쳐두고
황홀하게
황홀하게 이쪽에서 저쪽으로
건너갈 수 있을 것 같다

겨울이 와서

인도 뉴델리의 귀부인들은
겨울이 와서 영상 10도가 되면
밍크코트를 입고 외출한다
길거리에서 헝겊 쪼가리 하나로
우기와 건기를 다 보낸 사내들은
겨울이 와서 영상 10도가 되면
웅크린 채 동사하는 일이 잦다

겨울은 그런 것이다
겨울을 믿는 자에게
겨울은 외출이거나 죽음이 된다

믿고 싶지 않으나
내게도 믿을 수 없는 겨울이 와서
헝겊 쪼가리 같은 마음 위로
칼빛 바람이 파르르,
제 자국을 새기고 지나간다

굳센 어떤 존재 방식의 기록

  밤은 높은 곳과 낮은 곳에 균등히 임하였고, 나는
3천 명의 여자들과 술을 마시는 중이었다 나의 초식
성을 기억하지 못한 제사장은 익히지 아니한 물고기
를 내 순결한 갈빗대 아래로 내밀었으니, 그는 바야
흐로 소돔 성에 단 하나 남겨진 혈육의 후세의 혈육
의 후세였다 나는 마땅히 붉은 언덕에서 자라난 닭
이 버린 알, 이라는 저급한 수사의 알밖에는 더 이상
섭식할 것이 없었으므로 몹시 인내하는 자세로 그것
을 전기세 30세겔쯤의 은화와 바꾸어 천천히 내복하
였다

  이윽고 예루살렘의 모든 불이 내 3천 명 여자들의
얼굴을 비추기 시작했을 때, 어디에선가 하늘에선가
까만 옷과 모자를 쓴 천사 가브리엘이 악처처럼 나
타나 예언하였다 저희가 저희의 자본으로 저희를 붉
게 물들였으니 저 광야의 불구덩이에 버려진 닭 대
가리와 대개 사막과 서울역 지하도에 나부끼는 신문
쪼가리와 다르지 않음이라

공포를 자본과 바꾼 여자들이 황급히 길과 간판 아래로 도망하였다 나는 마침 모나미 볼펜 세 자루처럼 하여질 말들이 많았으나 꾹 견디기로 결심하였다 곤하고 간곤한 육신에 어떠한 복음이 깃들이어 저희의 이웃과 여인과 당나귀와 어린 새들과 믿음의 조상들과 흰 술병을 구원할 수 있으랴 눈은 14번지 위에서 내리고, 나는 그 어느 마가리의 여인숙 방에서 지난 한 멸망의 속도를 증언하는바,

　아아, 모든 구토하는 것들은 미리 먹어둔 게 있다

휴가병

아버지는 위독했고 나는 군인이었다
북으로 행군 중일 때 갑자기 휴가증이 나와서
어리둥절 시외버스를 타고 애인 만나러
신림시장 순댓집에 가서 앉았다
가을이었고 사람들은 그 사실을 모르는 것 같았다
애인은 얼굴에 화장을 무섭게 하고서
내가 없는 사이에 저 혼자 간직한 일들을 가리고
있었다
나는 딱히 갈 곳이 없었으니까 아무것도 궁금하지
않았다
간과 허파와 순대를 골고루 섞었을 뿐
여관에 가서 또 술을 마셨고 나는 천천히 취했다
내게 벌어진 일이 무엇인지 알 수 없어서
애인과의 섹스에 좀더 집중할 수 있었다 애인은
그새 많은 것에 깊어진 사람처럼 나를 대했다
그새 더 많은 것에 가벼워져 있는 나를 배에 태우고
울지 말라고, 울지 말라고 더 먼 바다를 불러줬다
그러나 나는 맹세코 운 것이 아니었다 커튼 밖에서

시간이 얼마나 우리를 불러댔는지 애인은 잘 모르는 것 같았다

밖으로 나갔을 때 가을 햇살이 쨍그렁, 발밑에 부서졌다

장례식은 끝났고, 그때, 나는 행군 중이었다

풀옵션 딩동댕 원룸텔

S야, 네가 나를 몹시 빨아주던 낮과 밤들이 생각난다. 거긴 새소리도 나지 않았고 눈을 뜨면 언제나 비가 오는 날 같았다. 내 이웃에 있는 것은 카프카와 라디오 한 대뿐이었는데, 하나는 내가 가야 했고 하나는 내게로 오는 것이었다. 그것 이후와 이전으로는 아무도 발자국을 남기지 않는 세월이었다. 호두나무는 왼쪽에서 자라고 모란은 오른쪽과 등 뒤에서 피었다. 한 번도 시들지 않았다. 그냥 서서히 더러워질 뿐이었다.

그러니까 S야, 네가 빨아주는 동안 나는 감사의 뜻으로 너를 핥아주기라도 했어야 옳았다. 그땐 내가 형편없이 나빴다. 나는 너를 닦아주는 편이 우리 관계에 더 어울린다고 생각했다. 말은 안 했지만 그냥 각자에게 좋은 방법대로 하는 게 옳다고 믿었던 것이다. 어차피 우리가 오래갈 수 없는 사이라는 것을 서로 몰랐을 리 없다.

가끔은 문 앞에 여자가 서 있거나 남자가 서 있었다. 용건은 늘 같은 거였으니까 눈살을 찌푸리며 굳이 기억을 떠올리려 노력할 필요 따윈 없다. 네가 나를 빨아줄 때마다 네게서 흘러나오던 소리들은 지금껏 너무나 황홀하고 구체적이어서 놀랍다. 그건 이 지상에서 오직 너만 간직하고 있는 소리였다. 네가 소유한 모든 가능성들이 한꺼번에 작동해 쏟아져 나오는 소리. 나는 네가 나를 기쁘게 해주기 위해 얼마나 노력하고 있는지 언제나 잘 알 수 있었다. 최선을 다한다는 것이 무슨 뜻인지 그때 조금은 깨달을 수 있었다. 문 앞에 서 있는 여자와 남자는 그냥 문 앞에 서 있는 여자와 남자일 뿐이었다. 너는 나를 빨아줬고 나는 너를 닦아줬을 뿐이다.

마지막으로 나를 빨아주고 나서 너는 그만 모든 걸 멈추기라도 했던 것일까. 몸에서 뛰어내리기라도 했던 것일까. 마지막 링거줄이 뽑히듯 전원에서 풀려난 채 너는 이동되었다. 나는 바닥에 아무렇게나

엎어져 아직 몸에 남은 물기를 어쩌지 못하고 흐느
낄 뿐이었다.

　S야, 아직도 나는 네 안에서 꽉 채워져 한데 엉켜
빨리던 날들을 생각한다. 매콤하고 향기롭게 몸이
풀리던 날들이었다. 우리의 날들이 왜 거기서 시작
되고 거기서 그쳐야 했는지 알 도리 없다. 그건 우리
의 몫이 아니었다. 우린 그저 거기서 놓여진 존재대
로 존재할 뿐이었다. 마모되고 해질 뿐이었다. 비록
너는 치워졌지만 나에겐 아직도 빨리어야 할 날들이
남아 있다. 어쩌지 못한 채 나는 지금 또 새로운 구
멍 속으로 들어간다. 내 걸레의 나날을 기억해주렴.
그리운 나의 첫 드럼세탁기, 나의 S야.

쇼윈도 수타 짜장면집

수타 짜장면집 쇼윈도 안에서 남자는 하루 종일 반죽을 늘였다 뭉쳤다 늘였다 뭉쳤다를 거듭하는 일로 근육을 키운다 나는 그의 노동이 뜨거운 면발로 바뀌어서 카운터 전표와 맞바뀌어지는 경우를 좀 보고 싶다 비 오는 날 파리바게트 옆 오모리찌개집 앞에서 그 쇼윈도를 한참이나 들여다보는 일은 별로 보람된 일만은 아닐 것이다 그러나 이렇게 비 오는 날

쇼윈도 안에서 자신의 근육과 노동을 누군가에게 보여주고만 있는 것도 별로 보람된 일만은 아닐 것이다 우리의 시선은 1미터 거리 안에서 서로를 죽도록 바라볼 수 있는 것만도 아닐 것이므로 남자는 반죽을 땅땅, 휘둘러 내려치고 나는 자못 그 소리에 감동받는 표정을 얼른 지어준다 그러면서 나는 또 진지하게 생각하는 것이다 저 반죽은 언제 면발이 되나 면발이 되지 못하는 반죽은 어느 시선 안에서 뜨거워지나 수타의 남자는 아, 언제 진정으로 뜨거워지나

열린 문

애인들과 자주 동침하는 여자를 애인으로 둔 나는
비 오는 날 투덜투덜 비뇨기과로 걸어가면서
앞으론 모든 여자들에게 보건증을 발급해야 한다고
아내에게도 딸에게도 누이에게도
번거롭지만 어머니에게도 확실하게 그걸 발급해서
다 함께 투명하고 건강한 사회를 이룩해야 한다고
자못 보건복지적이고 행정자치적인 자세로 생각
한다
대낮 극장에서 꾸역꾸역 밀려나온 남녀들이
저물녘 횟집에서 미끌미끌 흘러나온 남녀들이
일제히 저마다의 한 칸 침대 위로 달려간다 비뇨
기과
엘리베이터 문 앞에서 나는 애인의 애인과 또 애
인의
애인인 애인들과 뜨겁고도 우연찮은 눈빛을 깊이
나누고
열린 문 안으로 또 사이좋게, 또 나란히 입장한다

좋은 아침

술에 취해 옛 애인들에게
까맣게 기억 끊긴 전화질을 해대고 나서
이튿날 쪼그려 앉아 회개하는 나에게
숙취의 혼잣말이 어깨를 두드리나니

그래도 기억나지 않는 여자와
기억나지 않는 섹스를 하고
기억나지 않는 여관에서
혼자 깨어난 아침보다 낫다

콩가루 생각

아내가 자꾸 이혼하자고 한다
나에겐 오래된 애인이 있고
아내에겐 일회용 애인, 또는 길어야 한 달쯤의
애인조차 없을 터인데
내가 멀리서 돌아와 돌아눕는 날마다 자꾸만
이혼하자고 한다

나는 콩국수가 먹고 싶어서
모처럼 콩가루에 대해서 생각한다
아내는 콩가루보다 가회동,
쌍문동, 약수동쯤의 추억을 생각한다
서로 생각이 다르다는 것은
더 많은 공간을 만드는 것이니까 나는 만족해서
이혼 같은 건 미국에서나 있는 일이라고
생각한다

아내가 자주 만족해서
미국식으로 자주, 내게 이혼하자고

말하지
말았으면 좋겠다고 생각한다

외대 앞 콩국숫집에서 애인과 무김치,
단무지, 짠지 등의 효능에 대해서 토론하다가
몹시 고무되어 아내 생각을 했다
콩가루와 콩국물은 참 다른 건데,
라고 아내가 어느 날 말했다는 기억을
나는 참 사랑스럽게 어루만지며 콩국수 국물을 후
루룩,
들이마시는 것이다

옛날 애인

이젠 서로 팔짱을 낄 일도 없고
술 먹다 눈 마주치면 그 눈빛 못 견뎌서
벽이나 모텔로 벌겋게 숨어들 일도 없고
심야택시 잡을 일도 없고
친구 생일 따위에 따라가 고깔모자 쓸 일도 없고
비 오는 날 우산 들고 기다릴 일도 없고
괜히 등산복 사 입고 산에 갈 일 없고
벅찬 오페라에 돈 쓸 일 없고
웃어줄 일 없고
편지 쓸 일 없고
꽃 이름 나무 이름 산 이름 골목 이름 하물며
당신 초등학교 단짝 이름 암기할 필요 없고
슬프고 아픈 척할 일 없고
군대 태권도 1단증 갖고 강한 척할 일 없고
미래에 대해 설명하거나 설득할 필요 없고
사랑한다 거듭 고백할 필요 없고
없으나

우리가 살아서 서로의 옛날이 되고
옛날의 사람이 되어서 결국 옛날 애인이 될 것을
그날 하루 전에만 알았던들

아내여,

안과 밖

어떤 2층에 앉아 있는데

어떤 어리고 늙은 남녀가 계단을 내려가다가 문
앞에서

미친 듯 키스를 하기 시작했다

그리곤 문 밖에서 서로 모르는 척 헤어졌다

무위사

강진 차밭 지나다
푸른 절 배롱나무 아래서
또 우는 내 옛날을 보았다
지는 꽃 흔들리는 바람에 들어
높이 자란 등뼈 쓰다듬는 일로
하루를 다 보냈다

이윽고 저녁이 왔을 때
다행히 길은 멎고 다행히 해는 져서
모든 슬픔이
홀연 낮은 별 아래서 더 빛나는 섭리를
우물처럼 바라봤다

아주 지는 꽃
끄트머리처럼 내 그늘이 밝았다

세월 저편

(추억의 배후는 고단한 것 흘러간 안개도 불러 모으면 다시 상처가 된다 그러나 내가 할 수 있는 일은 늘 바라보는 것)

바람은 아무거나 흔들고 지나간다
여름 건너 하루해가 저물기 전에
염소 떼 몰고 오는 하늘 뒤로 희미한 낮달
소금 장수 맴돌다 가는 냇물 곁에서
오지 않는 미래의 정거장들을
그리워하였다
얼마나 먼 길을 길 끝에 부려두고
바람은 다시 신작로 끝으로 달려가는 것인지
만삭의 하늘이 능선 끝에
제 내부의 붉은 어둠을 쏟아내는 시간까지
나 한 번 흘러가 돌아오지 않는
아버지 그 먼 강의 배후까지를
의심하였다 의심할 때마다
계절이 바뀌어 그 이듬의 나뭇가지

젖은 손끝에 별들이 저무는 지평까지 나는 자라고
풍찬노숙의 세월을 따라
굽은 길들이 반짝이며 흘러갔다

(어디까지 흘러가면 아버지 없이 눈부신 저 무화과
나무의 나라에 가 닿을 수 있을까 어디까지 흘러가면
내가 아버지를 낳아 종려나무 끝까지 키울 수 있을까)

세상에 남겨진 내가 너무 무거웠으므로
때로 불붙는 집 쪽에서 걸어 나오는
붉은 짐승을 꿈을 신열처럼 따라가고

오랜
불륜과도 같은 세월 뒤로 손금이 자랐다
아주 못 쓰게 된 헝겊 조각처럼
사소한 상처 하나 가릴 수 없는 세월이
단층도 없이 흘러가 쌓였다
이쯤에서 그걸 바라본다

황혼 건너
저 장대비 나날의 세월 저편

고독의 근육

내게서 한 걸음도 달아나지 못하고
일없이 왔다 가는 밤과 낮이 아프다
며칠씩 눈 내리고
길은 홀연 내 안의 굽은 등성이에서도 그쳐
여기서 바라보면 아무런 뜻도 아닌
열망과 그 너머 자욱한
추억의 첩첩 도끼 자국들
내 안의 저 게으른 중심에
집도 절도 없이 가로누운 뼛조각 환하고
이제 어디로든 흘러가 몸 풀고 싶은
옛사랑 여기 참 어둡고
변방까지 몰린 시간이 오래도록 누워 사는
생각의 지붕들 위에 낮은 키로 쌓인다
눈 맞은 나무들이 고스란히
제 생애의 무게를 향해 손을 내밀 때
어디로도 향하지 못한 존재의 저,

광활한 배후

나쁜 시절

10년씩 배경을 뛰어넘는 드라마처럼
시간이 그렇게 지나갔으면 좋겠네
숙취에 떠밀려 간신히 눈을 떴을 때
한 국자 비워져버린 간밤의 기억처럼
시간이 그렇게 큰 걸음으로
풍덩풍덩 달려가줬으면 좋겠네

내게로 쏟아져 내리는 미분의 시간들
아침에서 저녁으로 이르는 길이 천축보다 멀고
밤마다 시간이 떨어뜨린 눈썹이
죽은 모래의 뼛조각으로 떠밀려 가네
한 시절 건너가는 일이 거미줄을 밟고 가듯
허공에 발자국 새기는 일처럼 아득하여서
내 절망은 적분 같은 것이네 죽는 날까지
한순간도 빠짐없이 살아야 한다는 것
시간이 쪼아대는 부리를 견디며
살아남는 것만이 희망인 목숨을 건너가야 한다는 것
건너가는 것만이 구원인 목숨을

살아남아야 한다는 것

두어 달쯤 앞당겨 잘못 찢어낸 달력처럼
짐짓 빈 정류장을 지나쳐버리는 버스처럼
시간이 그렇게 지나갔으면 좋겠네
세단뛰기 하는 육상선수처럼
숨을 몰아 쿵쿵쿵,
지나가버렸으면 좋겠네

동량역

엽서만 보내놓고
오지 않는 여자를 생각한다
사람을 태우지 않고 온 기차가
시멘트회사 로고를 잽싸게 보여주고 나서
터널에 대가리를 푹 처박는다
사루비아꽃이 포플린 홑청처럼 붉다

낮에만 문을 여는 중국집
한 남자가 수타 반죽을 손에 든 채 뛰쳐나온다
뒤이어 양동이와 빗자루와 엽차 잔이 따라 나오고
머리에 파마봉지를 뒤집어쓴 여자가
날렵한 욕설과 함께 붕 날아 쫓아 나온다
고개를 갸웃거리며
그늘에서 잠시 몸을 일으킨 개 한 마리가
자빠진 항아리 속으로 슬슬 기어든다
반쯤 뜯겨져 나간 월간지 안에서
한쪽 편이 헐거워진 전직 여자 아나운서의 왼쪽
얼굴이

흥흥 흐느껴 웃는다

엽서만 보내놓고
오지 않는 여자를 생각한다
얼마나 많은 남자들에게 엽서를 보냈길래
얼마나 많은 세월에게 엽서를 보냈길래
어제도 내일도 오지 않는가
가을에도 봄에도 오지 않는가
기차는 어느 저녁에 이르러야 사람을 실어 오는가
중국집 남자는 언제 돌아와
내 빈 술잔 앞에
뜨거운 국물 한 그릇 내어줄 것인가

아슬아슬한 내부

아내 몰래 7년을 끌어온 연애가 끝이 났을 때
아들은 문득 백 점 맞은 받아쓰기 답안지를 꺼내
보이고
나는 민방위 소집 훈련에서마저 풀려나
어디에서도 부르지 않는 나이가 되어 있었다
그새 내겐 아들 하나가 더 생겼고
직장은 바뀌었으며 은행 빚은 더 늘었고
만날 수 있는 친구들은 별로 남아 있지 않았다

아내는 그동안 내 연애를 눈치채고 있는 것이 분
명해 보였으나
내가 새삼 각성해야 할 만큼 문제를 삼지는 않았다
나는 그것이 지혜로운 무관심이거나 참을성 또는
나에 대한 깊은 신뢰에서 비롯된 것이라고
믿지는 않는다
내가 최선을 다해서 가족들을 따돌리고 외출하거나
어떤 거짓말로든 늦게 귀가를 하고
때로는 외박을 하기 위해 지어낸 노력만큼

아내에게도 무엇인가를 지키고자 하는 의지가
자존심보다 더 소중하게 지켜내야 할 무엇인가가
있었으리라고
짐작할 뿐이다

그 옛날 폭력을 일삼던 수학 선생의 주먹을 참아
내던 일
더 부당한 폭력에도 저항하지 않고 군대를 마쳤던 일
시궁창까지 야비하고 비겁했던 상사와 거래처 인
사들을
결국 죽여버리지 않고 퇴근해 현관의 초인종을 누
르던 일처럼
아내 역시 한꺼번에 뒤엎어버리고 무너뜨릴 수 없
는 경계가
무엇인가의 아슬아슬한 내부가 늘 있지 않았을까

7년의 연애가 끝나고 나는 결국 몹시 헐거워졌으나
아이들은 자라고 아내는 그토록 잘 속아주었으나

이제 어떤 것도 더는 속여먹을 수 없는 생애가
내 앞에 고지서처럼 툭 떨어져 나부끼고 있을 때
나 역시 아내의 내부에 아슬아슬하게 매달려 있는
내부의 그 무엇이 되어 있다는 것이 어리둥절
느껴지기 시작하는 것이었다

봄눈

봄눈은 젖어서 대숲으로 가네
봄눈은 젖어서 대숲에 몸을 주네
봄눈은 젖어서 댓잎 위에 신발을 주고
봄눈은 젖어서 댓잎 아래 살을 묻네
봄눈은 젖어서 대숲의 생각을 벗기고
봄눈은 젖어서 대숲의 입술을 적시네
봄눈은 젖어서 대숲의 손등을 어루만지네
봄눈은 젖어서 대숲의 눈썹을 지우네
봄눈은 젖어서 댓잎을 흔들지 않고
봄눈은 젖어서 댓잎의 겨울을 묻지 않네
봄눈은 젖어서 대숲의 길을 묻지 않네
봄눈은 젖어서 대숲이 온 길을 덮고
봄눈은 젖어서 대숲이 운 날을 덮지 않네
봄눈은 젖어서 어떤 마음에도 젖지 않네
봄눈은 젖어서 저무는 저녁을 다 적시네
봄눈은 젖어서 사람이 혼자 우는 소리를 듣네

겨울나무

다시 이 삶은 혼자 서 있는 시간으로 충만할 것이다
아주 튼튼하게 혼자여서
비로소 이 세상에 혼자인 것들과
혼자가 아닌 것들을
드러낼 수 있을 것이다
그러니 잘 지나간 것들은 거듭 잘 지나가라
나는 이제 헛된 발자국 같은 것과 동행하지 않는다
혼자가 아닌 것은
더 이상 내가 알아볼 수 있는 이승이 아니니,

상흔의 세월과 홀로 당당해지려는 의지

홍 정 선
(문학평론가)

류근의 시는 쉽고 재미있다. 류근의 시는 우리의 손쉬운 접근을 거부하는 상당수 젊은 사람들의 작품과 확실히 다르다. 류근은 그들처럼 직접경험과 무관한 추상적 상상이나, 소통이 어려울 정도로 개인적 색채에 물든 이미지나, 시니피에와 시니피앙의 일상적 연결을 차단하는 언어 등을 자주 구사하지 않는다. 또 류근은 지난 시절의 많은 시인들처럼 은폐된 내면의 세계를 모호한 이미지로 암시하거나 이 세계에 대한 막중한 윤리적 책임감을 드러내는 일도 하지 않는다. 자아와 세계에 대한 모호하고 거창한 탐구, 관념적이고 아카데믹한 탐구에 류근은 관심이 없다. 우리의 일상성을 넘어서는 문제, 지나치게 진지하고 고매하여 우리를 무겁게 만드는 문제는 류근의 관심사가 아니다. 류근의 관심사는 그런 것들이 아니라 우리 모두에게 익숙한 연애, 추억, 음주, 가족, 육체 등과 관련된 일상적 사건이나 생각들이다. 류근은 그런 것들을 입가에 웃음기가 피어오르게 만드는 어법으로, 객쩍은 사람이란 생각이 들게 만들 정도의 솔직함으로 우리 앞에 털어놓는다. 그래서 류근의 시는 철조망이 쳐진 개인의 사유지처럼 우리의 접근을 거부하는 느낌이 아니라 사방이 트인 공원처럼 우리의 산책을 반기는 느낌을 준다. 다시 말하지만 류근의 시는 쉽고도 재미있다. 이 사실을 먼저 그의 「이빨論」이란 시를 통해 확인해보도록 하자.

> 놈들이 도열해 있을 땐
> 도무지 존재감이란 게 없는 것이다
> 먹잇감 떼로 모여 작살내고
> 한 욕조의 거품으로 목욕하고
> 처음부터 한 놈 한 놈은 뵈지도 않는 것이다
> 일사불란하게 꼭 이열횡대로 도열해 있어야 폼이 나는 놈들
> 그러다 한 놈 탈영하고 나면 그 자리 너무나 거대해져서
> 비로소 한 놈 한 놈 공손하게
> 출석을 부르게 만드는 것이다
> 어쩌다 한 놈이 아프면 된통 아파서
> 뼈다귀만 있는 놈들이니 뼈가 갈리도록 아파서
> 함부로 만만히 봤던 놈에게 본때를 보여주는 것이다.
>
> ——「이빨論」 부분

142

이 시는 누구나 어려움 없이 읽을 수 있는 쉬운 작품이지만 그렇다고 서울 지하철역의 스크린 도어에 인쇄된, 시 이전의 시들처럼 아무나 쓸 수 있는 시는 아니다. 친숙한 느낌을 주는 비유적 이미지를 능란하게 구사하는 수법과 그러한 수법을 통해 교훈적 메시지를 은연중에 느끼도록 만드는 장치가 예사롭지 않은 까닭이다. 예컨대 우리가 건강한 이를 자랑할 때의 모습, 상한 이가 없어서 건강한 이의 소중함에 대한 자각을 미처 가지지 못할 때의 모습을 "먹잇감 떼로 모여 작살내고/한 욕조의 거품으로 목욕하고/처음부터 한 놈 한 놈은 뵈지도 않는 것이다"라고 표현하고 있는 방식을 보라. 그리고 언제나 뒤늦게 건강한 이의 소중함을 깨닫는 우리들의 모습을 "그러다 한 놈 탈영하고 나면 그 자리 너무나 거대해져서/비로소 한 놈 한 놈 공손하게/출석을 부르게 만드는 것이다"라고 쓰고 있는 구절을 보라. 류근이 보여주는 이런 비유적 구절들은 너무나 쉽고 친숙한 언어들로 이루어져 있지만 막상 발상의 시작은 어려운 것이어서 콜럼버스의 달걀 세우기에 대한 이야기를 떠올리게 만들 정도다.

이렇듯 류근의 「이빨論」은 쉬운 언어를 통해 무리 없이 교훈적 메시지를 전달하는 능력과 미덕을 우리에게 보여준다. 이미 문학개론서에서 수많은 사람들이 이야기했던 바이지만 문학은 윤리가 아니다. 드러내놓고 독자에게 설교하는 시, 폼 잡는 자세로 독자를 가르치려 드는 시는 결코 좋은 시가 아니다. 그런 시는 독자를 즐겁게 만들기보다 윤리 시간의 답답함을 재현하고 있을 따름이다. 문학의 전면에서 문학다움을 보장해주는 것은 메시지가 아니라 사물을 즐겁고 새롭게 인식하도록 만드는 형상화이다. 이런 점에서 류근의 시는 독자를 즐겁게 만드는 표현 방법을 통해 뛰어난 형상화를 자랑한다. "먹잇감 떼로 모여 작살내고" "일사불란하게 꼭 이열횡대로 도열해 있어야 폼이 나는 놈들" "뼈다귀만 있는 놈들이니 뼈가 갈리도록 아파서"에서 볼 수 있듯이 구어체 어법이 주는 친숙함과, 이 친숙함을 바탕으로 자연스럽게 우러나는 웃음과, 그리고 웃음 뒤에 건강한 치아의 소중함에 대한 깨달음까지 얻게 만드는 표현 방식이 바로 그렇다. 이렇듯 류근은 아무렇지도 않은 이야기를 재미있게 할 줄 아는 시인, 자칫하면 초등학교 선생이 이 잘 닦으라고 훈계하는 것으로 전락할 수 있는 메시지를 즐겁게 받아들이도록 표현하는 방법을 체득하고 있는 시인인 것이다.

*

나는 류근의 나이가 몇이나 되는지 모른다. 류근의 나이 이야기를 꺼낸 것은 이 시집 때문이다. 류근의 시를 읽

144

으며, 세월을 되돌아보기에는 너무 젊은 나이가 아닐까 하는 생각이 설핏 든 까닭이며, 그런 생각이 어떤 이유가 그로 하여금 이런 시를 쓰게 만들까 하는 호기심으로 전화했기 때문이다. 류근의 이번 시집에는 지나간 세월 속의 일들에 대한 이야기가 유달리 많다. 류근은 이번 시집에서 어머니에 대해서, 자신의 한심한 행태에 대해서, 직업과 실업에 대해서, 술 마신 일에 대해서, 그리고 떠나가 버린 사랑에 대해서 자주 이야기한다. 그렇다면 류근을 이렇게 옛날에 대한 기억 속으로 몰아넣는 것은 무엇일까? 이제 나이가 과거를 되돌아볼 만큼 찼다는 것일까? 아니면 그의 시구처럼 "숨기고 싶은 과거가 아직 조금 남아 있"거나 "지나갔다는 것 때문에 퍽 안심이 되"(「영화로운 나날」)는 과거가 내면에 있어서일까? 여기에 대한 섣부른 판단은 삼가기로 하자. 그 대신 그가 이야기하는 지난 세월의 모습을 차근차근 따라가보기로 하자.

> 아버지는 위독했고 나는 군인이었다
> 북으로 행군 중일 때 갑자기 휴가증이 나와서
> 어리둥절 시외버스를 타고 애인 만나러
> 신림시장 순댓집에 가서 앉았다
>
> —「휴가병」 부분

류근은 이렇게 젊은 시절의 한 이야기를 끄집어낸다.

이 시에서 아버지가 위독해서 휴가를 나온 화자는, 무엇이 두려워서인지, 바로 아버지를 만나러 가는 게 아니라 먼저 술을 마시고 애인을 만나 섹스를 한다. 이 사실을 류근은 "내게 벌어진 일이 무엇인지 알 수 없어서/애인과의 섹스에 좀더 집중할 수 있었다 애인은/그새 많은 것에 깊어진 사람처럼 나를 대했다"라고 쓰고 있다. 한 보잘것없는 휴가병의 처지로는 상황을 바꾸어놓을 수 없는 어떤 일이 자신에게 일어나고 있지만 여기에 대해 화자는 대처할 능력이 없으며, 그런 자기 모습에 대한 인식은 파행적 행태를 낳는다. 그래서 "그새 많은 것에 깊어진" 애인의 위로는 위로이자 슬픔이고 방향 모를 분노이다. 그러했던 옛날의 한 부끄러운 모습을 류근은 "장례식은 끝났고, 그때, 나는 행군 중이었다"는 감정이 억제된 말로 우리 앞에 제시한다. 그리고 장면을 바꾸어 아버지가 사망한 이후 실업자로 떠돌던 자신과 가족들의 생활을 이렇게 이야기한다.

> 어머니는 시집간 누이 집에 간신히 얹혀살고
> 나는 자취하는 애인 집에 안간힘을 쓰며
> 매달려 산다 그러므로 어머니와 나는 살아 있는 자세가
> 근본적으로 다르다 세상의 그 무엇과도
> ―「1991년, 통속적인, 너무나 통속적인」 부분

위의 시에서 류근은 경제적인 사정 때문에, 이상(李箱) 식으로 말해 "생활이 부족해서" 흩어져 사는 어머니와 화자의 모습을 '얹혀살고'라는 단어와 '매달려 산다'는 말로 재미있게 표현한다. 그러면서 얹혀사는 어머니와 매달려 사는 자신은 "살아 있는 자세가/근본적으로 다르다"고 억지를 부림으로써 한심한 모습과 안타까운 심리상태를 더욱 강하게 부각시키고 있다. 류근이 시의 제목에서 '1991년'이라고 연도까지 밝히면서, 또 '통속적'이란 부정적인 단어까지 사용하면서 우리 앞에 끄집어내 보이는 이런 실업자 생활에는, 그가 신춘문예를 통해 데뷔한 것이 1992년이고 첫 시집을 간행한 것이 2010년이니까, 데뷔 이후의 20년 가까운 세월에 대한, 시로부터 도망다닌 것처럼 보이는 세월에 대한 비밀이 숨어 있을 법도 하다. 위의 시가 보여주는 맥락으로 짐작할 때, 그리고 다른 시에서 "어디까지 흘러가면 아버지 없이 눈부신 저 무화과나무의 나라에 가 닿을 수 있을까 어디까지 흘러가면 내가 아버지를 낳아 종려나무 끝까지 키울 수 있을까"(「세월 저편」)라고 탄식하는 것으로 미루어볼 때, 류근은 아마도 가장의 책무를 거역할 수 없는 현실로 수락하며 이 세월을 살았을 것이다. 여기에 대해서는, 다소 빗나간 생각일지도 모르지만, 「시인들」이란 시가 그 답을 제공해주는 것처럼 보인다.

시인들과 어울려 어쩌다 술을 마시면
독립군과 빨치산과 선생과 정치꾼이
실업자가 슬픔이 과거가 영수증이
탁자 하나를 마주한 채 끄덕이고 있는 것 같아
천장에 매달린 전구 알조차 비현실적으로 흔들리고
빨리 어떻게든 사막으로 돌아가
뼈를 말려야 할 것 같다 이게 뭐냐고
물어야 할 것 같다

울어야 할 것 같다

　　　　　　　　　　　　　　　　　　—「시인들」부분

　류근은 「시인들」에서 "실업자가 슬픔이 과거가 영수증
이"라 쓰고 있다. 여기에 등장하는 '과거'라는 단어가 명
백히 말해주는 것처럼 화자는 이 시에서 타인을 통해 자
신의 옛날 모습을 들여다보고 있는 것이다. 시인을 실업
자로 분류하는 것에 동의할 수밖에 없게 된 류근은 가족
들에게 생활인의 모습을 보여주기 위해, "내가 다닌 대학
을/얕잡아보는 버릇이 있"는(「1991년, 통속적인, 너무나
통속적인」) 애인의 어머니 앞에서 당당해지기 위해 오랫
동안 시인의 길에서 비켜나 있었을 것이다. 가장의 책무
를 수용하며 주위의 따가운 시선과 자신의 궁색한 변명
에 신물이 나 마침내 생활인의 길과 시인의 길이 일치하

지 않는다고 생각하고 오랫동안 시인의 길을 벗어나 있었을 것이다. 위의 시는 류근이 눈앞의 시인들을 통해 지난 시절의 자기 모습을 발견하는 방식, 그의 내면에서 살아 있는 상처로 여전히 기능하고 있는 어떤 요소를 보여준다. 그렇게 선택한 생활인의 길은 그것을 되돌아보는 화자의 눈길 앞에서 자랑거리가 아니라 겸연쩍고 가슴 아린 상처인 까닭이다. 누가 빗나간 길을 걸어왔는지 걸어가고 있는지를 말할 수 없는 자신의 처지를 이 시에서 류근은 "울어야 할 것 같다"는 짤막한 구절로 명확하게 표현하고 있다.

> 가끔은 조조영화를 보러 갔다
> 갈 곳 없는 아침이었다
>
> ──「영화로운 나날」 부분

다시 앞의 이야기로 돌아가면 류근은 이번 시집에서 이처럼 실업자 생활에 대해 여러 차례 이야기한다. 위의 시에서 류근은 영화관으로 도피하여 시간을 죽여야 했던 젊은 날의 실업자 생활을 "나 또한/팔리지 않으나 너무 많이 상영돼버린 영화였다"라는 자조 섞인 어투로 떠올리면서 '영화로운 나날'이라는 어구로 시니컬하게 표현하고 있다. 그것은 실업자였던 자신의 모습이 여러 가지 이유에서 뼈아픈 상처로 남아 있는 까닭일 것이다. 예컨대 그 시절은 "영화가 끝나도 여전히 갈 곳이 생각나지 않아서/혼자 순댓국집 같은 데 앉아 낮술 마시는 일"로 끝없이 '스스로를 시무룩하게' 만들던 시절이었다. 또 "일없이 취해서 날마다 취해서/숙취와 악취를 지병처럼 앓고 살 때"(「1991년, 통속적인, 너무나 통속적인」)에서 드러나듯 자신을 망가뜨리던 시절이었다. 이처럼 류근에게 실업자 생활은 끝없이 상처받고 상처를 만들어내던 모습으로 기억 속에 아프게 남아 있다. 그래서일까. 류근은 「나쁜 시절」이란 시에서 그런 시절에 대해서는 "10년씩 배경을 뛰어넘는 드라마처럼/시간이 그렇게 지나갔으면 좋겠네"라는 안타까운 희망까지 드러낸다. 그럼에도 이번 시집에 따르면 류근은 실업자 생활 다음의 직장 생활을 오래 지속하지 못했다. 그것은 실업자 생활 동안에 익숙해진 술이 이번에는 그를 익숙한 실업자 생활로 돌려보낸 까닭이다.

> 술김에 사표를 던지고
> 두어 달 술로 시간을 헹구다 보니까
> 술 마시는 행위가 점점 부끄러워지기 시작한다
> ─「술 마시는 행위」 부분

그러면서도 류근은, 이번 시집에 가장 많이 등장하는 소재 가운데 하나가 술이라는 사실이 증언하듯, 술을 멀

리하지 못한다. 이런 상태를 그는 "술을 빌려 스스로 세
상과의 격리를 실천해왔으니/오늘은 부끄럽지 않게 술
마실 일이로다"라고 쓴다. 그러고는 이번 시집에서 다시
실업자가 된 이후의 생활문제에 대해서는 더 이상 언급
하지 않는다. 이후의 삶이 어떤 행로를 밟았기에 언급을
회피하는 것일까? 그것은 우리의 호기심일 뿐 시인이 답
해야 할 의무는 아니다. 어쨌건 류근의 시들은 다시 실업
자로 돌아온 이후의 시간을 건너뛰어 현재만을 이야기하
기 시작한다. 그 이후에 대해서는 언급을 자제하고 회피
하면서 현재의 시점에서 과거의 기억들과 힘들게 씨름하
는 모습만을 열심히 보여준다.

옛 생각 몸에 해롭다
멀고 흐린 것들로 집을 지은 여자와
아무렇게나 뒤엉켜 꽃을 피우던 정원이여
악취만이 정직하게
햇빛을 가리던 우물이여
뒷길에서만 비로소 이름이 들려왔으니
나날이여
다시 응답처럼 몸이 흘러서
죄의 구멍에 머리를 박고 울었다

─「나날」 전문

위의 시에서 화자는 "옛 생각 몸에 해롭다"고 하면서도 옛 생각을 그만두지 못한다. 기억은 미화되기 마련이고 뼈저린 가난도 그리운 추억으로 바뀌기 마련인데 왜 류근은 옛 생각을 할 때마다 "죄의 구멍에 머리를 박고 울었다"고 쓰고 있는 것일까? "너무 아픈 사랑은 사랑이 아니"라는 어법이 여기에도 적용되고 있는 것일까? 위의 시는 이런 상상에 "악취만이 정직하게/햇빛을 가리던 우물이여"라는, 자신의 좋지 못한 행적을 암시하는 말로 애매모호하게 답할 따름이다. 다른 시들도 마찬가지이다. "추억의 배후는 고단한 것 흘러간 안개도 불러 모으면 상처가 된다. 그러나 내가 할 수 있는 일은 늘 바라보는 것"(「세월 저편」)이란 식으로 자신의 과거는 사소한 것들까지 지속적으로 덧나는 상처라는 사실만을 알려주고 있을 뿐이다.

내가 버린 한 여자

가진 게 사전 한 권밖에 없고
그 안에 내 이름 하나밖에 없어서
그것만으론 세상의 자물쇠가 열리지 않는다는 것을
가르쳐줄 수조차 없었던,

말도 아니고 몸도 아닌 한 눈빛으로만

저물도록 버려

버릴 수밖에 없었던 한 여자

어머니,

—「낱말 하나 사전」 전문

그럼에도 『어떻게든 이별』에 수록된 이런 시들은 지난
세월에 대한 되풀이되는 회오가 무엇과 연관이 있는지를
어렴풋하게나마 짐작하게 만들어준다. 이 시에서 화자는
어머니를 "내가 버린 한 여자"라고 말하고 있다. "말도 아
니고 몸도 아닌 한 눈빛으로만/저물도록 버려/버릴 수밖
에 없었던 한 여자"라 표현하고 있다. 바쁘게 살아가는
우리 모두의 지금 삶이 그러한데도, 우리의 성숙이라는
것이 그러한 삶의 행로인데도 이 시의 화자는 죄의식을
동반하지 않고 '어머니'란 단어를 떠올리지 못한다. 그
이유가 앞서 살펴본 실업자 생활과 관련된 것인지, 누이
집에 '간신히 얹혀' 살았던 일 때문인지, 아니면 어머니처
럼 끝없는 사랑을 베풀어주는 존재가 달리 없다는 일반
적 사실에 기인하는 것인지는 알 수 없다. 분명한 것은 이
시로 미루어 돌아가실 때까지 어머니를 제대로 모시지
못한 일을 시인은 커다란 상처로 기억한다는 사실이다.

사랑이라 불러 아름다웠던 날들도 있었다

봄날을 어루만지며 피는 작은 꽃나무처럼

그런 날들은 내게도 오래가지 않았다

사랑한 깊이만큼

사랑의 날들이 오래 머물러주지는 않는 거다

다만 사랑 아닌 것으로

사랑을 견디고자 했던 날들이 아프고

그런 상처들로 모든 추억이 무거워진다

　　　　　　　　　　　　——「나에게 주는 시」 부분

　위의 시는 지난 시절에 대한 류근의 회오가 무엇과 관
련된 것인지를 알려주는 또 다른 종류의 시이다. 류근은
이번 시집에서 지금의 아내처럼 보이는 애인과 그렇지
않은 것처럼 보이는 애인들에 대해 많은 이야기를 하고
있다. 이를테면 "우리가 살아서 서로의 옛날이 되고/옛
날의 사람이 되어서 결국 옛날 애인이 될 것을/그날 하루
전에만 알았던들"(「옛날 애인」)에 등장하는 애인은 지금
의 아내이다. 반면에 "아내 몰래 7년을 끌어온 연애가 끝
이 났을 때"(「아슬아슬한 내부」)나 "술에 취해 옛 애인들
에게/까맣게 기억 끊긴 전화질을 해대고 나서/이튿날 쪼
그려 앉아 회개하는 나에게(「좋은 아침」)"에 등장하는 애
인은 아내가 아닌 애인이다. 류근은 이런 애인들에 대해

154

여러 가지 방식으로 애틋하고, 흥미 있고, 적나라한 이야기를 하고 있지만 그런 것들은 『어떻게든 이별』의 핵심적 주제가 아니다. 그런 만큼 이 시집 전체를 관류하는 상처와 죄의식과 외로움의 측면에서 우리가 주목해야 할 것은 앞에서 언급한 "다만 사랑 아닌 것으로/사랑을 견디고자 했던 날들이 아프고"라는 구절이며, 그 구절과 관련된 다음과 같은 서술적 시구들이다.

> 아내는 그동안 내 연애를 눈치채고 있는 것이 분명해 보였으나
> 내가 새삼 각성해야 할 만큼 문제를 삼지는 않았다
> 나는 그것이 지혜로운 무관심이거나 참을성 또는
> 나에 대한 깊은 신뢰에서 비롯된 것이라고
> 믿지는 않는다
> [……]
> 아내에게도 무엇인가를 지키고자 하는 의지가
> 자존심보다 더 소중하게 지켜내야 할 무엇인가가 있었으리라고
> 짐작할 뿐이다
> ──「아슬아슬한 내부」 부분

류근은 이 같은 깨달음 때문에 아프고 쓸쓸하다. 이 깨달음 앞에서 이제 과거의 모든 애인과 사랑은 배신이고

상처이다. 원래 진정한 사랑이란 교환이나 대치가 불가
능한 법이어서 한 여자를 사랑하면 다른 모든 여자는 무
가치하게 변해버린다. 애인을 사랑했다면 아내에게, 아내
를 사랑했다면 애인에게 아픈 상처만 남기는 시간을 함
께했을 뿐이다. "옛날은 누구에게나 다 지나간 것이다//
책임지지 않는다는 것은 자유롭다는 뜻이다 나는 자유롭
기 위해 얼마나 많은 모국어들을 버렸던가"(「옛날 애인
의 기념일을 기념하다」)라는 말은 그러므로 깨달음의 역
설적 표현이다. 사랑하지 않으면서도 사랑을 붙들고 사
는 일은 어떤 경우는 치욕스럽고 어떤 경우는 성스럽다.
이렇게 아내가 "사랑 아닌 것으로/사랑을 견디"며 살았
다는 것을 문득 깨달았을 때 지난 세월은 치욕스러워지
고 자신은 혼자 남겨진 쓸쓸함을 견뎌야 한다. 그래서 류
근은 「나에게 주는 시」에서 "그런 상처들로 모든 추억이
무거워진다"고 썼을 것이다.

*

류근은 첫번째 시집 『상처적 체질』과 두번째 시집 『어
떻게든 이별』을 통해 자신이 상처투성이의 인간이라는
인식을 보여주고 있다. 류근이 '상처는 나의 체질'이라 말
했던 것처럼 화자에게 상처 아닌 것이 없다. 가족도, 친구
도, 애인도, 심지어 자기 자신조차 화자에게는 상처이다.

156

돌이켜보면 가족에게 비겁했고, 가족 때문에 비겁했다. 애인에게 비겁했고 애인 때문에 비겁했다. 시 때문에 비겁했고 시에게 비겁했다. 그래서 세월은, 옛날은 온통 상처의 기록이다. 이 같은 점에서 류근의 두 시집은 시세계의 측면에서 연속선을 이루고 있지만 상처를 다스리려는 열망에서는 일정한 차이가 있다.

> 그러나 나는 또 이름 없이
> 다친다
> 상처는 나의 체질
> 어떤 달콤한 절망으로도
> 나를 아주 쓰러뜨리지는 못하였으므로
>
> ——「상처적 체질」부분

류근의 첫번째 시집에서는 이처럼 사소한 일에도 '이름 없이' 다친다고 말했었다. 그러면서 상처는 상처일 뿐 죽음이 아니며, 죽음이 아니기 때문에 삶은 계속 이어지고 자신은 다시 다친다고 말했었다. 그 때문에 화자는 이번 시집에서 옛날의 상처에 대한 많은 시편들을 생산하는 한편 그 상처와 '어떻게든' 이별하려는 열망을 드러낸다.

> 어제 나는 많은 것들과 이별했다 작정하고 이별했다 맘

먹고 이별했고 이를 악물고 이별했다 [……] 아무런 상처
없이 나는 오늘과 또 오늘의 약속들과 마주쳤으나 또 아무
런 상처 없이 그것들과 이별을 결심,하였다

아아, 그럴 수 있을까 [……]

그러니 나의 이별을 애인들에게 알리지 마라 너 빼놓곤
나조차 다 애인이다 부디, 이별하자

—「어떻게든 이별」부분

그 이별의 열망을 류근은 위의 시에서 "작정하고 이별
했다 맘먹고 이별했고 이를 악물고 이별했다"라고 쓴다.
또 「겨울나무」에서는 "그러니 잘 지나간 것들은 거듭 잘
지나가라/나는 이제 헛된 발자국 같은 것과 동행하지 않
는다"고 다짐하면서 "아주 튼튼하게 혼자여서" "다시 이
삶은 혼자 서 있는 시간으로 충만할 것"이라고 예언하
는 자세까지 보인다. 그렇지만 이렇게 옛날과 이별하고
홀로 당당하려는 의지는 온전한 과거형이 아니다. "아무
런 상처 없이 그것들과 이별을 결심"하지만 그럴 수가 없
다. 류근에게 상처와의 이별은 새로운 상처이다. 이 사실
을 그는 잘 알고 있다. 그래서 류근은 「어떻게든 이별」이
란 시의 마지막을, 이 시집의 결론을 "그러니 나의 이별
을 애인들에게 알리지 마라 너 빼놓곤 나조차 다 애인이

158

다 부디, 이별하자"라는 말로 맺고 있다.

시집의 해설은 끝났지만 류근의 시에 대해 사족으로
몇 마디 보태고 싶은 말이 있다. 류근은 시를 재미있게 만
드는 탁월한 재능/미덕을 가지고 있다. 그런데 이러한 재
능은 지나치게 대중의 흥미에 대한 관심을 의식하게 되
면「풀옵션 딩동댕 원룸텔」처럼 통속성을 띤 작품으로 나
아갈 가능성이 있다. 그리고 시인이 언어에 대한 긴장을
늦추게 되면 "마누라가 준 용돈으로 용돈 준 여자가/다른
남자랑 공항버스 타고 사라지는 뒷모습 보고 와서"(「사
랑은 아직도 끝나지 않았네」)처럼 가십성을 띤 구절을 생
산할 가능성이 있다. 나는 류근이 쓰는 시를 오랫동안 재
미있게 읽고 싶어 하는 독자이기 때문에, 시인 김광규가
사회비판의 정신으로 자기 시의 대중성이 통속성으로 바
뀌는 것을 제어했듯이, 류근도 자신의 시가 지닌 건강한
대중성을 오랫동안 올곧게 유지할 수 있는 그 무엇을 확
실하게 갖기를 간절히 바라고 있다. 어쩌면 그 답은 이미
「이빨論」이나 「불현듯,」처럼 일상적 사물과 사건을 비유
적 이미지로 새롭고 재미있게 바라보게 만들어 놓는 방
법 속에 들어 있을 것이다. ▨